KB273417

꿀벌, 삶으로의 긴 여행

꿀벌, 삶으로의 긴 여행

제일출판사

| 목 차 |

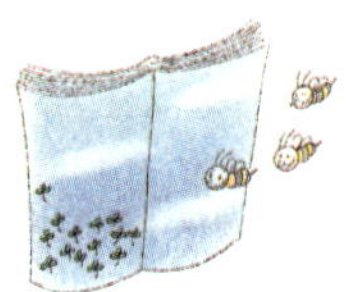

내 내면 깊은 곳에서 버즈가 들려준 이야기

어느 날 내 작은 벌 '버즈'가 자신을 나에게 소개했을 때 나는 그 사실을 믿을 수가 없었다. 나는 다른 사람들과 똑같은 삶을 살아가는, 조금도 특별할 것이 없는 존재였기 때문이다. 훌륭한 작가들은 곧잘 신비한 영감에 이끌려 작품을 탄생시키기도 하지만, 나에게는 그런 능력이 없었다.

그러한 내 앞에 어느 날 '버즈'라는 이름을 가진, 약간은 슬프고 고독한 벌이 나타나서 이렇게 말하는 것이었다.

"아저씨, 이제부터 나의 영적인 추구에 대한 이야기를 들려줄 테니, 그것을 책으로 쓰세요."

처음에 나는 버즈의 목소리를 환상이나 착각으로 여겼다. 더구나 내 자신의 삶의 무게조차도 감당하지 못하는 처지에 밤늦도록 책상 앞에 앉아서 한 마리의 벌의 이야기를 쓴다는 것은 정신적인 사치에 지나지 않았다. 그래서 나는 나의 내면에서 들리는 버즈의 목소리를 억눌러버리고 아무렇지도 않은 듯이 생활해 나갔다.

그런데 그게 아니었다. 내가 사무실에서 일을 하고 있을 때나, 거리의 모퉁이를 걸어갈 때나, 아니면 차창 밖에 스쳐 지나가는 풍경을 무심히 바라보고 있을 때면 갑자기 환영처럼 내

삶 속으로 버즈가 모습을 나타내어 이렇게 말하는 것이었다.

"아저씨, 내 이야기를 쓰세요. 나의 영적인 추구에 관한 이야기를 책으로 써서 사람들에게 들려주세요."

다른 사람들이 도무지 믿어주지 않을 이 터무니없는 일을 잊어버리기 위해서 나는 더욱 열심히 일과 생활에 매달렸다. 그러나 그럴수록 내 내면에서 들리는 버즈의 목소리는 더욱 커졌다. 나는 더이상 그 목소리를 외면할 수 없었다.

그렇게 해서 이 작은 책이 쓰여진 것이다. 따라서 이 책은 내 자신의 능력으로 창작해 낸 것이 아니다. 내 내면 깊은 곳에서 버즈가 나에게 들려주는 이야기를 충실히 받아적은 것일 뿐이다. 버즈가 내 앞에 나타나기 서너 달 전에 나는 어떤 충동에 이끌려 컴퓨터 워드 프로세서를 한 대 샀는데, 왜 그때 갑자기 그것을 샀는지 나중에야 이유를 알 수 있을 것 같았다. 바로 버즈에 관한 책을 쓰기 위해서였던 것이다.

버즈의 이야기를 쓰려고 결심하고 나서 나는 주위 사람들에게 이렇게 말하곤 했다.

"이제부터 나는 어느 벌에 관한 이야기를 쓰겠어. 충분히 책 한 권이 될 것 같아. 어딘지 알 수 없는 곳으로부터 그 이야기가 들려왔거든."

어딘지 알 수 없는 곳으로부터라고? 그렇다. 그후 날마다 워드 프로세서 앞에 앉아 책을 쓰면서도 나는 그 이야기들이 도대체 어디서 들려오는 것인지 알 수 없었다. 무엇인가가 내 손가락을 움직여 컴퓨터 화면에 자연스럽게 글을 써내려가는 것이었다. 그렇다고 모든 일이 쉽게 이루어진 것만은 아니다. 어떤 때는 한 문장이 끝나고 다음 문장이 시작될 때까지 이삼 십 분을 침묵 속에 기다려야 했던 적도 있었다. 그러다가 새 벽녘이 되어서야 작업을 끝내고 의자 등받이에 기대어 그날 밤 내가 쓴 글을 다시 읽을 때면 나 자신도 놀라웠다. 내가 이 러한 글을 쓸 수 있으리라고는 상상하지 못했던 것이다. 나한 테 뭔가 신비한 현상이 일어나고 있음이 분명했다.

이 글을 쓰면서 무엇보다도 좋았던 것은 내 스스로의 충만 감과 만족감이었다. 어떤 때는 방금 쓴 글을 다시 읽으며 스 스로 감격해서 소리를 지르기도 했다. 어른이 되고 나서 처 음으로 나는 완전하게 내 자신으로 돌아와 있었던 것이다.

98퍼센트가 아니라 100퍼센트 나는 '나 자신'이었다.

어떻게 하면 이러한 충만감을 느낄 수 있는가? 누구나, 또 언제나 그것을 체험할 수 있다. 하지만 우리의 삶에는 기쁨보다는 슬픔이 훨씬 많고, 굳이 성자들의 표현을 빌리지 않아도 삶은 고통의 연속이다. 우리는 늘 진정한 우리 자신으로부터 멀어져서 살아간다. 학교, 직업, 가정, 온갖 의무감 같은 것들이 우리의 가슴을 짓누르고 있기 때문에 그 가슴 속에서 진정한 존재의 삶의 기쁨이 꽃핀다는 것은 차라리 기적에 가까운 일이다.

나는 알 수 있을 것 같다. 이 책에 나오는 한 마리의 벌 버즈는 나뿐 아니라 사람들 모두의 내면에 살고 있다는 것을……. 이 책은 진정한 삶의 의미를 추구하는 어느 벌에 관한 이야기이다. 그리고 이것은 바로 당신 자신의 이야기이기도 한 것이다.

존 펜버티(John Penberthy)

│꿀을 모으는 것이 삶의 전부라고는
믿지 않는 어느 벌의 이야기

  1989년 봄 미국 캘리포니아, 나는 아무것도 가진 것이 없었다.

  태양은 한없이 부드러웠으며, 아열대 식물이 늘어선 거리를 빠져나가면 기다렸다는 듯이 멀리서 바다의 파도가 밀려오고 있었다. 끝없이 변화와 운동을 계속하는 우주…….

  나는 아무것도 가진 것이 없이 가방 하나만을 어깨에 메고서, 로스앤젤레스의 '보리수' 서점에서 우연히 만난 네덜란드 친구의 차를 얻어 타고 여러 명상센터와 책방들을 순례하고 있었다.

  어디를 가나 진정한 삶의 의미를 찾으려는 젊은이들의 물결이 있었다. 시인과 화가와 음악가, 그리고 물리학자와 의사들이 모여서 명상과 춤과 음악과 밤새는 줄 모르는 토론에 몰입해 있었다. 1960년 미국과 유럽을 휩쓸었던 히피의 물결이 이제는 명상을 통해 존재의 의미를 찾으려는 구도자 운동으로 번져가고 있었다.

  세계 각국에서 모인 그들은 어디서나 형제였고 친구였다.

그들은 인간 존재의 영적 진화와 인류의 미래를 함께 생각하고 있었다. 그러면서도 특정한 종교나 교리에 얽매임이 없었다.

나는 밤새워 그들과 이야기를 나누었다.

함께 동양차를 마시고, 중국의 주역을 논하고, 영적인 스승들을 이야기했다. 인간의 숙명, 대자연의 신비, 다른 차원의 세계, 동서양의 만남 등을 이야기했다. 그러다 보면 어느새 새벽이 오고 어디선가 새소리가 들려오는 것이었다.

안정된 직장과 가정과 사회적인 지위를 추구하기를 포기한 그들……. 그들은 이 책의 주인공 버즈처럼 '꿀'을 모으는 것 이상의 것이 삶에는 있다고 믿고 있었다. 그들은 외면적으로는 아무것도 가진 것이 없는 걸인이었으나, 내면에는 진정한 기쁨이 넘쳐나고 있었다.

그곳에서 만난 어느 영국 친구…… 유난히 강렬한 눈빛과 검은 수염을 한 그가 이 책을 나에게 선물했다. 모든 것을 버리기 위해서 떠났던 여행, 돌아오면서 나는 이 책을 가방 깊

숙이 넣어가지고 왔다.

　그대는 꿀을 모으는 것이 인생에서 가장 중요하다고 믿는 벌인가? 아니면 그 이상의 것이 존재한다고 믿는 벌인가?

　거짓된 현실에 안주하기를 원하는가? 아니면 이 책의 주인공처럼 내면의 목소리에 따라 저 미지의 언덕 너머로 떠나기를 원하는가?

　여기 어느 벌의 이야기가 있다. 이 벌은 단순히 꿀을 모으는 것이 인생의 전부라고는 믿지 않는다. 꿀을 모으는 일 이상의 것이 삶에는 있다고 믿는다. 그리하여 그 너머의 것을 추구해 나간다. 그것이 바로 더욱 절실하게 이 삶을 살아가는 유일한 길이기 때문이다. 주위의 비난, 두려움에도 불구하고 용기를 갖고 추구해 나간 벌은 마침내 진정한 삶을 발견한다.

　따라서 이 이야기는 단순한 동화나 소설이 아니다. 구도자 벌의 이야기가 우리의 가슴을 때린다. 까닭없이 눈물짓게 한다. 그리하여 어떤 철학책보다도 더 진지하게 우리의 인생을

생각하게 만든다.

　현재까지의 우리의 삶이 잘못되었다고 느낀다면 지금 당장 삶을 다시 시작하지 않으면 안 된다. 우리는 지상의 삶을 배우고 즐기기 위해서 지금 여기에 있는 것이지, 삶에 끌려다니고 주위의 명령에 순종하기 위해서 머나먼 여행을 거쳐 이 지구에 온 것이 아니다.

　어느 날 이 지구에 와서 우연히 같은 시간대와 공간대 속에서 삶을 살게 된, 또한 꿀을 모으는 것 이상의 것이 삶에는 있다고 믿고 그것을 실천하는 우리집 식구들—사티암 폴, 프라디파, 탐라시, 메루데비, 니르비카…… 그리고 그밖의 우리집을 찾는 모든 벗들에게 이 책을 바친다.

　　　　　　　　　　　　　　　　　　　　　류시화

1 버즈가 가장 좋아하는 날씨였다. 햇볕은 따뜻하고, 그늘 속은 시원했다. 어제 오후에 내린 비로 대지는 아직도 물기를 머금고 있었다. 그 중에서도 유난히 클로버 잎새들은 더 많은 수분을 간직하고 있었다. 때로 그것들은 비스듬히 내리비치는 햇빛에 눈이 부셨다.

사방으로 드넓게 펼쳐진 녹색의 들판, 군데군데 노란 민들레꽃이 피어 있고 그 사이로는 주홍색 양귀비꽃들이 어른거렸다. 그런가 하면 이 모든 풍경이 푸르른 하늘과 마치 수채화 같은 조화를 이루고 있었다. 버즈는 땅과 하늘이 빚어내는 이러한 조화를 말할 수 없이 좋아했다.

대기 속은 벌들의 날개짓 소리로 가득했다. 이제 막 피어난 꽃을 찾아 들판의 이곳저곳을 탐색하는 벌, 꿀과 꽃가루를 찾아서 꽃 속으로 깊숙이 파고들어가 있는 벌, 그렇게 해서 얻은 달콤한 노획물을 짊어지고 집으로 바쁘게 돌아가는 벌……. 심각하게 그 의미를 따지지만 않는다면 매우 부지런한 광경이라고 버즈는 생각했다.

주위에서 벌어지고 있는 일들을 바라보면서 어느덧 버즈의 마음은 그가 곧잘 찾아가곤 하는 비밀스러운 공상의 세계로 떠나고 있었다. 두 눈은 뜨고 있었으나 눈앞의 세계는 서서히 버즈의 현실에서 멀어져갔다.

모든 것은 왜 존재하는 것일까…… 삶이란 꼭 이런 것이어야만 하는 것일까…… 우리는 어디서 와서 어디로 가는가…… 이 모든 현상의 진정한 의미는 무엇일까…… 그리고 나는 과연 누구일까…….

그때 곁을 지나가던 다른 벌이 버즈의 어깨를 쳤다.

"어서 가자, 버즈! 할 일이 태산 같아!"

버즈는 깜짝 놀라서 현실로 돌아왔다. 그리고는 본능적으로 자신이 앉아 있던 민들레꽃 속으로 파고들어가 열심히 꿀을 탐색하기 시작했다. 하지만 일을 하면서도 그의 머리 속은 온갖 생각으로 가득했다.

"우리는 날마다 똑같은 일을 되풀이하고 있다. 왜 이렇게 끝없이 일만 해야 하는 것일까? 여기 우리가 사는 이 계곡은 무척 아름답다. 하지만 모든 벌들이 오직 더 큰 집단을 만드

는 일 이외에는 아무런 관심이 없는 것 같다."

벌집에는 이미 3만 8천 마리의 벌들이 살고 있었다. 그런데 왜 그 이상 더 집단이 커져야만 하는지 버즈는 그 의미를 알 수 없었다.

자신이 내려앉은 꽃에서 꿀을 다 모으자 버즈는 다른 꽃으로 날아가 꽃가루를 모으기 시작했다. 꽃의 수술에서 하나하나씩 꽃가루를 떼어내 노란 공처럼 단단하게 뭉친 다음 조심스럽게 오른쪽 뒷다리의 뻣뻣한 털에 묻혔다. 그리고 나서 또 다른 꽃가루 뭉치를 만들어 이번에는 왼쪽 뒷다리에 매달았다. 노획물이 많은 대가로 집으로 돌아가는 도중에 날개짓을 하기가 무척 힘들었다.

벌집 입구에 내려앉은 버즈는 잠시 숨을 돌리고 나서 집안으로 기어들어갔다. 언제나 그렇듯이 통로는 사방으로 움직이는 벌들로 극도의 혼잡을 이루고 있었다. 더구나 어둠 속이기 때문에 혼란은 더했다.

"분명히 더 나은 삶이 있을 것이다."

군중을 헤치고 조심스럽게 앞으로 나아가면서 버즈는 생각했다. 분명히 버즈가 지금 빨리 움직이고 있는 것은 아니었다. 뒤에서 다른 벌들이 이렇게 소리치고 있었다.

“빨리 움직여, 버즈! 네가 지금 우리 모두를 가로막고 있잖아!”

등 뒤에서 어떤 목소리가 위협적으로 몰아세우고 있었다. 버즈는 황급히 엎질러진 꽃가루들을 주워 모아 옆의 창고로 들어갔다.

다른 일벌들이 버즈가 가져온 꽃가루 뭉치를 꽃가루방에 넣고 단단하게 다지는 동안 버즈는 꿀방으로 가서 입 안에 넣어가지고 온 꿀을 세차게 내뿜었다. 여기서는 단 1초도 낭비해서는 안 되었다. 벌집 안에는 언제나 긴장이 감돌고 있었다. 버즈는 늘 그것을 느꼈다. 하지만 오늘만큼은 몇 가지 이유 때문에 더욱더 그 긴장을 참을 수가 없었다.

버즈는 조금도 참을 수가 없어서 밖으로 나가기 위해 서둘러 입구로 나가려고 했다. 하지만 그래봐야 극도의 혼란 속에서 아우성치는 벌들과의 몸싸움만 더 커질 뿐이었다. 마치 영원의 시간이 흐른 것 같은 후에야 마침내 벌집 입구에서 흘러들어오는 희미한 햇빛 한 조각을 볼 수 있었다.

집 밖으로 나온 버즈는 드넓은 들판을 향해 날아갔다. 그런 다음 잠시 냉정을 되찾기 위해서 숲속의 쓰러진 백양나무 둥치 위에 내려앉았다. 자신의 무엇이 잘못된 것일까? 왜 자신은 다른 벌들처럼 언제나 일만 하는 것에 만족하지 못할까? 왜 다른 벌들은 더 큰 집을 짓고 종족을 번식시키는 일 이상의 것이 삶에 있다는 것을 이해하지 못하는 것일까?

버즈는 자신이 공동체의 어느 일벌들보다 훌륭한 일꾼이라는 것을 알고 있었다. 하지만 오늘 무엇인가가 정말로 그를 괴롭게 하고 있었으며, 그 괴로움이 그의 행동에 큰 영향을 미치고 있었다. 굳이 오늘 일이 아니더라도, 그는 이미 공동체 내에서 괴짜로 소문이 나 있었다. 뿐만 아니라 이제 게으르고 무능력한 벌로 여겨지기 시작하고 있었다.

버즈는 백양나무 둥치에 앉아서 멀리 들판과 계곡과 그 너머의 산들을 둘러보았다. 그렇다. 버즈는 이곳이 이 계곡 안에서는 유일한 들판임을 잘 알고 있었다. 또한 이 들판은 그리 넓지가 않았다. 버즈의 공동체는 이 들판에서 자라고 있는 클로버와 꽃들에 전적으로 의존하고 있었다. 공급량이 부족하기 때문에 당연히 항상 다른 말벌이나 벌새, 나비들과 끝없는 경쟁을 해야만 했다. 여왕벌은 언제나 이런 구호를 외쳤다.

"일벌들이여, 우리의 생존은 오직 이 작은 들판에 달려 있다. 다른 곳에서는 우리의 생존에 필요한 꿀과 꽃가루를 얻을 수가 없다. 그러니 더욱 열심히 일을 하여 우리의 벌집에 꿀이 가득 차도록 하자."

날마다 똑같이 되풀이되는 일과에 지치기도 했지만 버즈를 가장 괴롭히는 것은 공동체 전체에서 느낄 수 있는 묘한 공포감이었다. 그 공포감은 누군가 드러내놓고 조성하는 것은 아니었지만 모든 벌들에게서 진정한 삶를 빼앗아가는 무서운 힘이었다. 목초지가 비록 작긴 하지만 이곳은 풍요로운 골짜기였다. 그런데도 그들은 마치 굶주림이 눈앞에 닥쳐 있는 것처럼 끝없이 일을 해야 했다.

하지만 내면의 무엇인가가 버즈에게 걱정할 필요가 없다고 말하고 있었다. 거미나 그 밖의 다른 애벌레들처럼 자연히 먹고 살 것이 공급되리라고……. 왜 그들은 일의 속도를 조금만 늦추고, 번식을 줄여서 식량을 축내는 입을 덜 갖고, 그 대신 모든 벌들로 하여금 좀더 평화로운 마음으로 삶을 즐기도록 내버려 두지 못하는 것일까?

버즈는 눈을 가늘게 뜨고서 계곡 위에 펼쳐진 들쑥날쑥한 산봉우리들을 응시하였다. 저곳은 어떤 세계일까? 그 너머에는 무엇이 있을까? 소문에 따르면 저 너머는 벌들에게는 황무지와 같은 곳이었다. 어떤 벌들은 말하기를 그곳은 지평선 끝까지 눈과 얼음으로 뒤덮여 있다고 했다. 다른 벌들은 그곳에 가면 갑자기 메마른 사막이 펼쳐진다고 말했다.

한 가지 사실만은 확실했다. 아무도 그곳까지 날아가는 시도를 해본 적이 없다는 것이었다. 벌들이 해보지 않은 어떤 일이 있다면 그것은 바로 저 산너머의 세계를 탐색해 보지 않았다는 것이었다. 버즈 자신은 계곡 위로 높이 날아올라간 적이 있었는데, 나무들의 경계선 위까지 올라가면 바위산이 시작되고 그곳에서는 언제나 춥고 거센 바람이 휘몰아치고

있었다. 그래도 버즈는 방황을 중단할 수 없었다.

그때 한 마리 벌이 윙하고 지나갔다.

"버즈, 어서 움직여!"

마치 버즈가 자신을 즐기려고 할라치면 누군가 와서 그것을 망쳐놓는 것이 운명인 것만 같았다. 버즈는 들판으로 날아가 다시 꿀과 꽃가루를 짊어지고서 집으로 돌아왔다.

내면 한 구석에서 버즈는 자신에게 부여된 일을 해야만 한다는 것을 잘 알고 있었다. 어디까지나 공동체에서 그가 해야 할 몫이 있었다. 그래서 그는 오늘의 자신의 행동에 죄책감을 느꼈다. 어쨌든 그는 일벌이었으며, 일벌은 일을 하기 위해서 세상에 태어난 것이었다. 집을 짓고, 꿀과 꽃가루를 저장하고, 공격으로부터 집단을 방어하는 등등의 일이 모두 일벌의 몫이었다. 그러나 그 중에서도 이 맨 나중의 임무는 특히 버즈를 불쾌하게 만들었다. 그는 자신이 절대로 전쟁에 불려나가지 않게 되기를 희망했다.

오후 내내 버즈는 자기 자신을 몰아세워서 쉬지 않고 일을 했다. 그럼으로써 머리 속을 괴롭히는 잡념들을 잊으려고 노력했다. 결국 자신은 한 마리의 평범한 벌에 지나지 않는 것이라고 재차 스스로에게 상기시켰다. 세상의 문제를 그 혼자서 풀 수는 없는 노릇이었다. 그는 매우 부지런한 사회 집단 속에서 살아가고 있었으며 따라서 그 사회에 적응하는 것이 무엇보다도 중요한 일이었다. 이미 그의 친구들 중의 몇몇은 그를 피하기 시작했다. 버즈는 자신이 사회에서 추방당하는 것을 원치 않았다.

이제부터라도 자기 훈련을 쌓고 자신을 주위 환경에 적응시키는 일이 필요했다. 그렇게 하면 모든 일이 잘 되어 나갈 것이다. 다른 벌들도 불평하지 않을 것이다.

2 그리고 나서 며칠 동안을 버즈는 그 어느 때보다 열심히 일했다. 이제 아무도 그를 게으른 벌이라고 비난할 수 없었다. 주체할 수 없을 정도로 꿀과 꽃가루를 짊어지고서 잠시도 쉬지 않고 집과 들판 사이를 날아다녔다. 그렇게 오로지 일에 몰두함으로써 내면에서 소용돌이치는 갈등을 잊고자 했다. 언젠가 나이 많은 벌들이 이렇게 말하는 것을 들은 적이 있었다.

"게으른 마음에 악마가 깃든다."

버즈는 그 말을 믿고 싶었다. 그가 지금까지 가졌던 모든 생각들은 고통스럽기만 한 것이었다. 자신이 진실로 원하는 것은 평범한 삶을 살아가고 있는 다른 벌들과 잘 어울려서 자신 또한 평범하게 사는 것이라고 그는 스스로를 설득시켜

려고 노력했다. 어느 정도는 그 설득작전이 성공할 수 있었다. 그래서 바로 눈앞의 일이 아닌 것은 생각하지 않는 상태에서 쉬지 않고 일에 열중했다.

하지만 사실을 말하자면 대부분의 시간을 그는 자신도 모르게 여전히 생각에 몰두하고 의문을 던지고 탐구심에 젖어 있었다. 도저히 그러한 것으로부터 헤어날 수가 없었다. 식량을 구하러 돌아다니는 일은 별로 생각을 필요로 하지 않는 하나의 기계적인 행위였다. 따라서 이제 그는 한 편으로는 일에 열중하면서 다른 한 편으로는 그러한 행위 자체에 의문을 던질 수가 있게 되었다. 이것이 그를 더욱 미치게 만들었다.

어느 날 아침이었다. 하루의 일과를 시작하기 전에 몇 마리의 벌들이 집 근처의 나뭇가지에 앉아서 아래쪽의 개미탑 주위를 떼지어 몰려다니는 개미들을 관찰하고 있었다. 어떤 개미는 죽은 곤충을 집으로 끌고가고 있었고, 또 어떤 개미는 열심히 땅을 파고 있었다. 하지만 대부분의 개미들은 그저 목적 없이 개미탑 주위에서 종종걸음을 치고 있었다.

"저 생각 없는 개미들 좀 봐."

개미들을 내려다보면서 벌 하나가 조롱을 하자 다른 벌이 맞장구를 쳤다.

"개미들이 걱정하는 일이라곤 더 큰 집을 짓고 더 많은 새끼들을 번식시키는 일뿐이야. 그들은 삶을 즐기는 것에 대해서는 조금도 알지 못해. 얼마나 무의미하고 무가치한 삶이냐

말야."

버즈는 자신의 귀를 의심하지 않을 수 없었다. 버즈가 지금까지 이 벌들의 집단에 대해서 생각해 온 것과 똑같은 말을 그들은 지금 개미들을 내려다보면서 하고 있었다. 그는 도저히 잠자코 있을 수가 없었다.

"하지만 우리들이 저 개미들과 다를 바가 뭐야?"

버즈가 말하자 첫번째 벌이 기다렸다는 듯이 대답했다.

"모든 게 다르지. 한 가지만 예를 들어도 우리는 개미들보다 훨씬 큰 존재들이야."

버즈가 다시 말했다.

"크기는 별로 의미가 없어. 크기란 모두 상대적인 것이야."

그러자 두번째 벌이 말했다.

"그럴 수도 있겠지. 하지만 저들은 모두가 똑같이 생겼거든. 어느 개미가 어느 개미인지 분간할 수가 없어."

"하지만 말야……."

버즈는 그대로 물러설 수가 없었다.

"개미든 벌이든 그 밖의 어떤 존재든 간에 모두가 각자의 방식으로 삶을 경험하고 있는 생명체들이라는 점에서는 다를 것이 없어."

"너는 지금 초점에서 빗나가고 있어, 버즈!"

세번째 벌이 나름대로 참을성을 갖고 설명하기 시작했다.

"우리 벌들은 특별한 존재들이야. 우리는 개미들보다 훨씬 차원 높은 형태의 삶을 살아가고 있어. 우리들이 사는 벌집의 복잡성, 그리고 우리의 사회구조의 다양함을 봐. 게다가 우리의 놀라운 재생산 능력, 우리가 꿀을 저장하는 방식 등을 생각해 보라구. 무엇보다도 개미는 꿀을 만들 수가 없잖아. 다른 것은 다 제쳐놓더라도 이 점에 있어서 개미는 우리와 비교가 될 수 없는 존재들이야."

"하지만 개미들 역시 우리가 알지 못하는 많은 것들을 알고 있다는 것을 나는 자신있게 말할 수 있어."

버즈도 열심히 설명하려고 노력했다.

"우리들 중 아무도 개미집을 들여다본 적이 없어. 내가 보기에는 개미들 역시 먹이를 모으고 재생산하는 일을 훌륭히 해내고 있어. 또 그들의 집단 역시 우리의 집단에 비해 전혀 작지 않다는 점을 나는 말할 수 있어."

버즈는 자신이 지금 뜨거운 불 속으로 점점 깊이 빠져들어가고 있음을 느꼈다. 비록 몇 마리의 벌들이 대화 도중에 날아가버리긴 했지만, 대부분의 벌들은 그 자리에 남아 서로 당혹스러운 표정으로 눈짓을 주고받으면서 그들의 지도자가 나타나 모두를 위해 이 문제에 대한 해답을 내려주기를 기다리고 있었다. 마침내 그들의 지도자가 나타나 권위있는 목소리로 말했다.

"조용, 조용, 조용히 해! 우리와 그들의 진정한 차이에 대해서는 아직 아무도 말하지 못했다. 저들 개미들은 단지 그

들 집단의 한 구성원에 지나지 않는다. 그들은 그들 자신의 존재에 대해서 그 이상의 의미를 알지 못하고 있다. 하지만 우리는 집단의 한 구성원이기 이전에 엄연한 인격체를 갖춘 독립된 하나의 개체들이다. 우리는 우리들 자신과 주위 세상을 자각하면서 살아가고 있다. 또한 무엇보다도 중요한 것은 우리는 우리가 원하는 대로 무엇이든지 할 수 있는 자율의지를 갖고 있다는 것이다."

이 말을 듣자 버즈는 자신도 모르게 흥분이 되었다.

"자율의지라고? 우리가 매일같이 하는 일이 오직 집을 더 크게 짓고 식량을 저장하고 새끼를 낳는 일뿐인데도 당신은 우리가 자율의지를 갖고 있다고 감히 말할 수 있소?"

그 지도자가 말했다.

"왜냐하면, 젊은 벌이여, 우리는 공동체의 어느 분야에서 일할 것인가를 선택할 자유를 갖고 있으며, 어느 꽃에서 꿀을 딸 것인가를 선택할 자유를 갖고 있으며, 어느 꽃에서 꿀을 딸 것인가를 선택할 자유가 있다. 그 이상의 어떤 자유를 더 원할 수 있겠는가?"

이때쯤에는 대단히 많은 군중이 주위에 모여들어 그들의

대화를 듣고 있었다. 군중들은 지도자의 말이 옳다는 듯이 고개를 끄덕거렸다. 버즈는 더욱 큰 외로움과 절망감을 느꼈다.

버즈는 이제 자신이 설 자리가 없음을 알았다. 차라리 허공과 논쟁을 벌이는 편이 나았다. 지난 며칠 동안 최선을 다해 자신을 억제하면서 세상에 대해 긍정적인 생각을 가지려고 노력했지만, 이 순간 그 모든 노력이 무의미하게 느껴졌다. 전혀 희망이 없었다.

버즈는 깊은 절망감 속에서 머리를 흔들며 말없이 그 자리를 떠나 홀로 숲속으로 날아갔다. 군중들 사이에서는 세상의 진리가 훌륭하게 보호되었다는 공감대가 형성되어 있었다.

버즈는 완전히 절망하여 숲속을 목적 없이 날아다녔다. 또다시 같은 일이 반복된 것이다. 이 모든 결과는 그가 바라던 바가 아니었다. 하지만 자신도 모르는 사이에 그는 자신을 바보로 만들었으며, 공동체의 구성원들로부터 자신을 더욱 고립시킨 꼴이 되고 말았다. 도대체 무엇이 잘못된 것일까? 왜 그는 남들처럼 쉽게 이 사회에 적응하지 못하는 것일까?

버즈는 맑은 물이 흐르는 숲속의 시냇가 모래밭에 내려앉아 흘러 내려가는 물 속을 멍하니 바라보고 있었다. 그때였다.

"다른 벌들 때문에 절망할 필요는 없네, 젊은 친구!"

깜짝 놀라서 돌아다보니 더듬이가 하나밖에 없는 늙은 벌이 어느새 옆에 내려앉아 있었다. 늙어서 약간 수척해 보이긴 하지만 정체를 알 수 없는 신비감이 늙은 벌의 신체 둘레를 감싸고 있었다.

그 벌이 다시 말했다.

"조금 전 그곳에서 일어난 일을 나는 지켜보았다……. 그런데 이제 앞으로 너에게는 많은 용기가 필요할 것이라는 생각이 들었다."

"고마워요."

버즈는 별로 내키지 않는 기분으로 말했다. 늙은 벌이 자신을 소개했다.

"내 이름은 '사티암' 이다. 사티암은 '진리' 라는 뜻이지."

"나는 버즈에요."

"이미 알고 있다. 이제 이 공동체에서는 모두가 너를 알고 있지."

버즈는 약간 움찔했다. 사티암이 계속해서 말했다.

"지금까지 나는 줄곧 너를 지켜봐 왔지만, 너는 다른 벌들과는 다르다. 때로는 그것이 너에게 무척 힘들다는 것을 나는 안다. 하지만 나는 다른 차원에서 해석을 내리고 싶다. 네가 지금 겪는 이 과정은 너의 존재를 더 높은 차원으로 진화시키기 위한 신의 섭리이다. 하지만 네 스스로 그 섭리를 막아버린다면 그러한 일은 결코 일어나지 않을 것이다."

사티암의 말을 들은 버즈는 이런 이상한 생각을 가진 존재가 이 집단에서 자기말고 또 있다는 사실에 마음의 위안이

되긴 했지만, 사티암의 충고가 별다른 희망을 주는 것은 아니었다.

버즈가 말했다.

"하지만 내가 입을 열 때마다 나는 곤경에 빠지곤 해요. 주위에 내 의견을 말하면 나는 금방 낯선 이방인이 되어버리고, 또 자신을 억제하면 나는 한없이 불행해져요."

"그러니 너는 그 중간을 선택해야 한다."

사티암이 말했다.

"보라, 너는 일벌이다. 따라서 이 집단에서 살려면 너는 너의 몫을 해야만 한다. 하지만 그렇다고 해서 진정한 네 자신을 버리라는 것은 아니다. 너를 고통스럽게 만드는 것은 일 그 자체가 아니라, 일에 대한 너의 생각이다. 너는 일이 삶의 핵심이라고 생각하고 있는데, 그렇지 않다. 일을 하는 것에 너무 큰 비중을 두지 마라. 일을 하면서도 얼마든지 생각을 할 수 있고, 탐구를 계속할 수 있다. 나는 너를 줄곧 지켜봐 왔다. 일을 하면서도 너는 동시에 이 세상의 아름다움을 음미할 수 있다. 그리고 일 속에서도 마음의 평화를 찾을 수 있다. 그것은 모두가 네 마음에 달려 있다. 세상 속에서 살라, 하지만 세상의 소유물이 되지는 말라."

"하지만 죽을 때까지 날마다 일, 일…… 계속해서 일만 하면서 자신들의 삶을 허비하고 있는 다른 벌들은 어떻게 하죠?"

"다른 벌들에 대해서는 신경쓸 필요가 없다. 그들은 네가 그렇듯이 자신들에게 알맞다고 생각되는 삶을 살아가고 있는 것이다. 그리고 또 한 가지, 그들이 너에 대해서 어떻게 생각하는가에 대해서는 걱정하지 말라. 그들은 그들 나름대로의 최우선 관심사를 갖고 있으며, 따라서 만일 네가 그들을 즐겁게 하는 데에 네 자신을 희생시킨다면 너는 불행해지고 말 것이다. 너의 마음이 명령하는 길을 걸으라. 그리하여 너의 말이 아니라 너의 삶이 그들에게 영향을 주도록 하라."

사티암의 평온하면서도 힘있는 가르침은 버즈에게 깊은 영향을 주었다. 어느새 버즈는 기분이 훨씬 좋아지고 있었다. 어쨌든 다시 희망이 솟아났다.

3 버즈는 사티암의 충고를 따르려고 노력했다. 하지만 별로 행운이 뒤따라주지 않았다. 날마다 반복되는 일과는 그를 아주 멍청하게 만들었다. 자신이 처한 환경에 적응하려고 노력하면 할수록 더욱 더 산 너머의 세계에 정신을 빼앗겼다.

"그렇다면 그곳으로 가서 어떤 세계가 펼쳐지고 있는지 보라."

어느 날 버즈가 그 문제를 들고 가자 사티암이 제안했다.

"너는 분명히 어떤 이유 때문에 다른 세계에 마음이 끌리고 있다. 그 이유가 무엇인지 왜 찾아보지 않느냐?"

그래도 버즈는 빈둥거린다는 자책감에서 헤어날 수 없었다.

그날 저물 무렵 버즈는 하루의 힘든 일과를 마치고 몸을 씻고 있었다. 꽃들의 세계는 매우 끈적끈적했으며, 그래서 몸에는 언제나 꿀과 꽃가루가 뒤범벅된 흙먼지가 묻어 있었다.

땅거미가 서서히 깔리고 온갖 색깔의 다채로운 사물들이 흑백의 단조로운 빛깔로 전환되는 황혼녘, 버즈는 하루 중에서 이 시간을 가장 좋아했다. 이 시간이면 버즈는 자기 자신을 더 많이 느낄 수 있었다. 모든 것이 완벽한 고요와 침묵 속에 잠겨들고 있었다. 대기는 한없이 조용했으며, 벌들도 집으로 되돌아가고, 멀리서 이따금씩 들리는 쏙독새의 소리가 침묵의 깊이를 더해 주고 있었다.

그런가 하면 서편 하늘은 가슴을 적시면서 생동감 있게 변화하고 있었다. 처음에는 오렌지 빛깔, 그 다음에는 복숭아빛, 그리고 나서는 서서히 핑크빛으로 하늘을 물들였다. 그러다가 마침내는 짙은 검푸른색으로 변하는 것이었다.

이윽고 한 줄기 가느다란 안개가 숲과 들판을 감싸기 시작했다. 얼굴에 와닿는 이슬 한 방울을 통해 버즈는 저녁별이 나타나는 것을 알 수 있었다. 버즈는 마음이 한없이 평화로워지는 것을 느꼈다. 그가 은연중에 동경하

고 있는 어떤 세계가 이 순간에 그에게 다가오는 것만 같기
도 했다.

황혼이 서서히 밤의 어둠으로 바뀌기 시작할 때 버즈는
달빛 내리비치는 들판의 영원한 평화와 고요한 아름다움
속에 넋을 잃고 앉아 있었다.

그때 문득 자신이 몸담고 살아가는 공동체에 대한 생각이
버즈의 머리 속에 떠올랐다. 너무나 황혼녘의 이 시간을 즐
기느라 공동체에 대한 생각을 잊고 있었던 것이다. 공동체
에 대한 생각을 잊으려고 노력했지만 그럴수록 그는 공동체
에 대한 여러 가지 사념들을 머리 속에서 떨쳐버릴 수가 없
었다. 이것은 버즈로서는 대단히 절망적인 상황이었다. 자
신도 모르는 사이에 버즈의 머리 속은 어느새 온통 혼란스
러워졌다. 이 내면의 혼란과 갈등으로부터 달아날 길이 없
었다.

마침내 차가운 밤기운이 몸 전체를 오싹하게 만들자 버즈
는 집으로 돌아가기 위해 마지못해 몸을 일으켰다. 자신이
또다시 밤늦도록 바깥에 나가 있었다는 사실을 다른 벌들
이 눈치채지 못하도록 버즈는 아주 조심스럽게 집으로 들
어갔다. 밤에 외출하는 것은 벌들의 사회에서는 금지된 일
이었던 것이다.

다음 날 아침 들판으로 날아가려다가 버즈는 문득 한 무리

의 벌들이 아침 예배를 드리는 소리를 들었다. 지금까지 종교에 대해서 많은 것을 생각해 본 적은 없었지만 이 아침만큼은 몇 가지 이유 때문에 그들 종교 집단에 마음이 끌렸다. 그는 그들이 모여 있는 곳으로 다가가 뒷다리를 들고 서서 귀를 기울였다.

"…… 그리고 마지막으로 주여, 우리 공동체에서 아직까지도 당신을 영접하지 않은 벌들이 있거든 그들에게도 은총을 내리사 그들 역시 구원받았다는 사실을 깨닫도록 도와주시옵소서. 아멘!"

"구원을 받았다고?"

버즈는 생각했다.

"아마도 내가 찾고 있던 것이 여기에 있나 보다."

버즈는 더욱 자세한 정보를 얻기 위해 남의 시선에 신경쓰지 않고서 군중 속으로 섞여 들어갔다. 그때 성직자가 이런 말을 하고 있었다.

"…… 너희들이 곧 깨닫게 되겠지만, 꿀을 사랑하는 것이야말로 모든 죄악의 근원이다!"

버즈는 이 말이 약간 모순된다고 느꼈다. 왜냐하면 그 성직자뿐 아니라 여기 모인 모든 벌들이 언제나 더 많은 꿀을 얻지 못해 안달하는 그런 벌들이었기 때문이다.

예배를 이끌고 있는 성직자는 버즈의 모습이 보이기 시작했을 때부터 줄곧 버즈에게서 시선을 떼지 않았다. 그는 그

동안의 버즈의 언행에 대해서 잘 알고 있었다. 버즈의 반항적인 행동을 수없이 목격했으며, 그래서 그 방황하는 젊은 벌에 대해서 연민의 정을 느끼고 있었다. 버즈가 겪고 있는 문제에 대한 정확한 해결책을 알고 있었기 때문에 그는 성직자로서 또 다른 개종자를 만들 수 있다는 기대감에 약간 흥분되기까지 했다. 성직자는 천천히 군중 속을 지나 버즈에게로 다가갔다. 마침내 버즈 곁에 서게 되자 성직자는 지나가는 말투로 슬쩍 물었다.

"너는 최근에 그토록 많은 혼란을 일으켜온 벌이 아닌가?"

"아, 예……."

버즈는 엉겁결에 대답했다.

"아들아, 우리는 너를 환영한다. 너는 제대로 올 곳을 찾아왔다. 그 동안 너의 마음이 몹시 괴로웠으리라는 것을 짐작할 수 있다. 너도 알다시피 주님께로 삶의 방향을 바꾸기만 하면 너 역시 구원받을 수 있다."

버즈가 물었다.

"무엇으로부터 구원받는다는 것이죠?"

"그야 당연히 지옥으로부터지. 네가 죽었을 때 가게 될 영원한 지옥으로부터 말이다."

버즈는 다시 물었다.

"하지만 왜 내가 지옥에 가야 하죠?"

"왜냐하면 아들아, 너는 우리 모두와 마찬가지로 죄인이기 때문이다. 네가 만일 경건한 삶을 살지 않고 우리의 절대자께 용서를 빌지 않는다면 너는 천국에 들어갈 기회를 잃게 된다.”

자신이 죄인이라는 것은 버즈에게는 새로운 개념이었다. 그는 언제나 자신이 대단히 도덕적이라고 생각해 왔다. 비록 그가 완전한 존재는 못 될지라도 지금까지 악의를 가지고 남을 해치거나 속인 적이 없었다. 하지만 그렇다고 해도 절대자는 다른 관점을 갖고서 바라볼지도 모르는 일이었다. 이 벌들은 확실히 뭔가를 알고 있는 것 같았다. 버즈는 죄인이 맞이할 결과에 대해서 더 많은 것을 알고 싶었다.

“지옥은 어떤 곳이죠?”

그 복음 전도자는 눈을 가늘게 뜨고 버즈의 얼굴을 쳐다보면서 불길한 목소리로 이렇게 말했다.

“지옥은 영원히 타오르는 산불과 같은 것이다. 달아날 곳도 구조자도 영원히 없다. 참을 수 없는 고통 속에 시달리면서도 죽을 수조차 없다. 다른 저주받은 벌들과 함께 영원한 고통 속에서 울부짖으면서 살아가게 된다.”

“그렇다면 천국은 어떤 곳이죠?”

이번에는 황홀한 시선으로 하늘을 올려다보면서 성직자는 아련한 목소리로 말했다.

“천국은 영원한 낙원이다. 그곳은 온갖 종류의 달콤한 야생화들로 가득 찬 풍요로운 풀밭이 무한히 펼쳐진 곳이다.

그곳에서는 일할 필요도 없고, 그곳에는 어떤 부조화도 없다. 벌에게 필요한 모든 것이 갖추어져 있으며, 모두가 영원토록 행복을 누릴 수 있다."

이 말이 버즈에게는 약간 상투적으로 들렸다. 그래서 버즈는 다른 질문을 던졌다.

"개미들도 천국에 갈 수 있나요?"

성직자는 권위적으로 대답했다.

"아니다. 오직 벌들만이 천국에 갈 수 있다."

"하지만 벌들도 죽기 전에는 그곳에 갈 수 없지 않습니까?"

"옳다. 네가 선하게 살고 또 절대자를 믿을 때 너는 죽어서 천국에 갈 수 있다."

"그렇다면 우리의 삶은 무엇인가요? 우리가 지금 살아가고 있는 이 삶은 아무런 의미가 없지 않습니까?"

"이 삶은 내세의 천국을 위한 준비, 일종의 시험에 불과하다."

버즈는 이 모든 이야기가 웬지 꾸며낸 것처럼 들리기 시작했다. 이 모든 사실을 믿는다고 해도 그 믿음을 통해 바로 이 삶에서 어떤 혜택을 받고 싶은 것이 버즈의 심정이었다. 나중이라는 것이 있다고 해도 어쨌든 그것은 나중 문제였다.

버즈는 다른 질문을 던졌다.

"절대자는 어떤 존재인가요?"

"절대자는 모든 곳에 존재하는 전지전능한 영이시다. 그분은 자신의 형상에 따라 우리를 창조한 창조주이시다. 이것은 다시 말해 그분이 우리 벌들과 똑같이 생각하고 행동한다는 뜻이다. 그래서 우리는 그분이 무엇을 원하는지 알 수 있는 것이다. 그분은 우리 모두를 사랑하시며 언제나 우리를 내려다보고 계시다."

"하지만 만일 그분께서 우리를 사랑하신다면 왜 우리를 지옥에 보내는 거죠?"

이것은 솔직한 질문이긴 했지만 너무 멀리 걸음을 내디딘 꼴이 되고 말았다. 성직자는 이제 더 이상 얼굴에 미소를 짓고 있을 수만은 없었다.

"젊은 벌이여, 너는 질문이 너무 많구나. 종교라는 것은 논리적으로 따지는 것이 아니다. 믿음을 가지고 이 모든 사실을 받아들여야 하는 것이다."

버즈는 또 다른 논쟁을 하고 싶지는 않았다. 그래서 그 자리를 떠나려고 했다. 그때 대화를 듣고 있던 다른 벌이 말했다.

"이 모든 것이 처음에는 너를 약간 혼란에 빠뜨리리라는 것을 우리는 안다. 하지만 잠시 후면 모든 것이 분명하게 이해될 것이다. 결국 너는 절대자의 무한한 사랑을 체험하게 될 것이다."

버즈는 자신의 귀를 의심하지 않을 수 없었다. 이렇게 말한 벌이 바로 며칠 전 개미들을 내려다보면서 조소를 던지던 바로 그 벌이었기 때문이다. 이제 이 모든 위선적인 말들을 들을 만큼 들었다고 생각한 버즈는 또다시 절망에 차서 군중들을 떠났다. 뒤에서 성직자가 그를 그날 밤 종교집회에 초대한다고 소리쳤다. 버즈는 감사하지만 자신에게는 이 모든 것을 정리할 시간이 필요하다고 말하고는 혼자서 숲속으로 날아들어갔다.

4 버즈는 전보다도 더 깊은 혼란에 부딪쳤다. 지금까지 그는 직관적으로 신을 느껴왔고 체험해 왔다. 그에게는 신을 체험한다는 것이 곧 자연과의 하나됨을 의미했다. 그리고 거기에는 성직자의 말처럼 어떤 이론이나 형식이 필요 없었다. 또한 현재의 그는 미지의 세계에 대한 동경과 열망으로 가득 차 있었기 때문에 성직자의 말이 전혀 귀에 들어오지 않았다.

아무리 자신을 일에 몰두시키려고 노력해도 상황이 더 나빠질 뿐이었다. 마침내 버즈는 하던 일을 멈추고 사티암을 찾아갔다.

"종교는 신으로부터 온 것이 아니다. 벌들 자신이 만든 것이다."

사티암은 말했다.

"군중들은 그들 스스로 신을 발견하는 방법을 알지 못한다. 그래서 그들은 그 방법을 일러줄 다른 벌에게 의존하는 것이다. 문제는 신이 우리의 내면에 존재한다는 것이다. 대부분의 벌들은 자신들이 신성한 존재라는 사실을 믿지 않는다. 그래서 그들은 신을 찾고자 하는 본능적인 욕구를 충족시키기 위해 자신들 내부가 아닌 외부에서 종교단체를 찾는 것이다."

버즈는 비로소 핵심을 찌르는 설명을 듣는 것 같았다. 사티암이 계속해서 말했다.

"버즈, 너는 그들과는 종류가 다른 벌이다. 네가 찾는 마음의 평화를 발견할 수 있는 유일한 장소는 바로 너의 내면에 있다. 너의 행복을 위해서 공동체의 다른 벌들을 아무리 찾아다니고 그들의 말에 귀기울여야 아무런 소용이 없다. 왜냐하면 그들은 너에게 줄 아무런 것도 갖고 있지 못하기 때문이다."

마지못해 그 사실을 인정하면서도 버즈는 본질적으로는 사티암이 옳다는 것을 알고 있었다. 하지만 그렇다고 버즈의 문제가 속시원히 해결되는 것은 아니었다.

버즈가 말했다.

"하지만 사티암, 내면을 들여다볼수록 나는 더욱 더 불행해지는데요."

사티암이 말했다.

"나는 네가 머리로 생각하면서 소비하는 시간을 좀더 줄이고, 그 대신 너의 가슴을 따르는 데에 더 많은 시간을 쏟기를 바란다."

"어떻게 하면 그렇게 할 수 있나요?"

"가장 중요한 것은, 너의 느낌과 내면의 목소리에 더 많은 주의를 기울이는 일이다. 신은 너에게 뭔가를 말하려고 노력하고 있는데 너는 그 목소리를 무시하고 있다. 너의 경험과 느낌을 존중하라. 신은 너의 그 경험과 느낌을 통해서 너에게 이야기를 하고 있는 것이다."

버즈는 다시 물었다.

"그 다음 단계는 무엇이죠?"

"너의 마음이 명령하는 바를 따르라. 너의 내면의 목소리에 따라서 행동하라."

"하지만 사티암, 그것은 지금까지와는 완전히 다르게 살라는 것이고 또 매우 두려운 일인 것처럼 생각되는군요. 내가 과연 그렇게 할 수 있을지 잘 모르겠어요. 그토록 완전히 탈바꿈하지 않고서는 영적인 존재가 되는 것이 불가능한가요?"

사티암이 대답했다.

"그렇다. 영적인 존재가 된다는 것은 바로 자신의 참모습을 있는 그대로 표현한다는 뜻이다. 그것이 남들의 눈에 어떻게 비쳐지든지 말이다. 그러기 위해서는 불 같은 정열이 필요하다. 정열이야말로 가장 차원 높은 형태의 영적 에너지이다."

버즈는 자신의 다리에 붙어 있는 꽃가루 한 개를 멀리 차던지면서 사티암이 한 말의 의미를 이해하기 위해 멀리 들판 너머를 응시하였다.

"좋아요. 하지만 실패할까봐 그것이 두렵군요."

"실패와 성공을 말하는 자가 누구인가? 성공하든 실패하든 결국 너는 그 경험을 통해 정신적으로 성장할 것이다. 어떤 길을 걷든지 너의 영혼은 진화할 것이다. 따라서 도중의 과정에 성공이나 실패가 있더라도 궁극적으로는 어떤 길이든지 너를 성공으로 인도할 것이다. 어떤 길을 통해서든 너는 너의 영적 성장을 위해서 필요한 경험과 교훈들을 얻게 될 것이다. 진실한 경험을 통해서만이 우리는 벌이 가진 한계 너머를 볼 수 있으며, 그때 비로소 세상의 참다운 실체를 보게 될 것이다."

"그 참다운 실체라는 것이 뭐죠?"

"아마도 나는 그런 질문을 받을 자격이 못 되는지도 모른다, 버즈. 나는 세상의 참다운 실체를 몇 순간 흘낏 들여다보았을 뿐이다. 하지만 내가 자신있게 말할 수 있는 것은 일단 네가 그것을 경험하는 순간 너는 세상의 모든 것이 완전하다는 사실을 깨닫게 되리라는 사실이다. 다시 말해 이 우주는 그 자체로 완전하며 아무런 결함도 없다는 것이다."

"완전하다구요? 결함이 없다구요?"

버즈는 자신의 마음이 다시금 방어태세를 취하는 것을 느꼈다.

"이 계곡에는 그토록 많은 편견과 적대감과 병과 죽음이 있는데도 당신은 모든 것이 완전하다고 말할 작정인가요? 최근 며칠 동안 내가 이토록 큰 불행을 느끼고 있는데도? 당신은 정말 이 모든 것이 완전하다고 말하고 있는 것인가요?"

사티암은 평온한 어조로 말했다.

"좁은 시각으로 보면 모두가 불완전하게 느껴지겠지만 넓은 시각으로 보면 세상에 불완전한 것이란 없다. 불행이나 비극은 우리가 우리 자신의 완전함을 깨닫는 데에 필요한 교훈을 배울 수 있는 아주 중요한 기회인 것이다. 너에게 질문을 하나 하고 싶다. 너는 모든 것에 신이 깃들어 있다는 것을 믿는가?"

“예, 물론 믿지요.”

“그렇다면 너는 신이 완전하다는 것을 믿느냐?”

“예.”

“그렇다면 결론적으로 모든 것은 완전한 것이다. 그렇지 않느냐? 완전함이란 일의 상태를 의미하는 것이 아니라 마음의 상태를 의미한다.”

“……”

어떤 차원에서는 사티암의 말이 전적으로 옳게 느껴졌다. 하지만 버즈는 지금 이 모든 것을 경험을 통해서가 아니라 지적인 논리를 통해서 이해하려고 애쓰고 있었다.

버즈가 물었다.

“당신은 불행조차도 그 자체로 완전한 것이라고 말하는 것인가요?”

“그렇다. 왜냐하면 불행은 우리로 하여금 더 깊이 들여다볼 수 있게 해주기 때문이다. 불행을 느끼거나 화가 나거나 또는 어떤 상태이든지 나는 그것을 통해 내가 지금 신과의 조화에서 어긋났음을 깨달으려고 노력한다. 신과의 조화에서 어긋난 삶이 나에게는 바로 지옥이다. 이러한 것을 깨닫는 것이 언제나 쉬운 일만은 아니며 수련이 필요하다. 어쨌든 나는 우리 모두가 이곳에 존재하는 것은 신과의 합일을 깨닫기 위해서라고 믿는다."

버즈는 다시 기분이 상했다. 그러한 깨달음을 위해서도 훈련이 필요하다는 사실이 마음에 들지 않았다. 그는 지금까지 일과 각종 훈련에 지쳐 있었던 것이다. 그는 훈련이 아니라 자연상태로 돌아가고 싶은 것이었다. 이 점을 지적하자 사티암은 이렇게 말했다.

"때로는 수련이 필요하다. 특히 처음에는 그렇다. 하지만 잠시 후면 진리가 보이기 시작한다. 그리하여 마침내 너의 삶을 더욱 만족스럽게 해준다."

"만족이라구요? 내가 원하는 것은 만족이 아니라 행복과……."

"아무런 슬픔이 없는 상태이겠지."

"그래요. 그것이 뭐 잘못인가요?"

사티암은 잠시 동안 말없이 버즈를 응시하였다. 그 시선은 아무런 생각이 깃들지 않은 초월적인 분위기이면서도 동시에 강렬하게 버즈의 내면을 들여다보고 있었다.

"너 역시 다른 벌들과 마찬가지로 아래 없는 위, 단단함 없는 부드러움, 뜨거움 없는 차가움을 원하고 있구나, 버즈!"

버즈는 심기가 불편해졌다. 그의 마음은 심하게 동요하고 있었다. 오랫동안 불편한 침묵이 흘렀다. 버즈의 혼란을 눈치채고 사티암이 마침내 입을 열었다.

"버즈, 너는 모르겠는가? 모든 것은 상대적이다. 네가 하나의 조건을 결정하는 순간 너는 이미 그 정반대의 조건을 만든 것이다. 뜨거움이 뭔지 모르고서 어떻게 차가움을 알겠는가? 아래가 없이 어떻게 위가 있을 수 있는가? 슬픔 없는 기쁨이 존재할 수 있는가?"

멀리 계곡 너머를 응시하던 버즈의 얼굴에 실망의 그림자가 어렸다. 사티암이 그에게 또다시 절망적인 이야기를 했던 것이다.

"당신은 마치 내가 앞으로도 계속 불행한 삶을 살아야 한다고 말하는 것 같군요."

"아니다. 단지 불행을 피할 방법이 없다는 것을 너에게 말하는 것이다. 불행으로부터 달아날 수 있는 길은 없다. 그것은 네가 행복을 찾을 수 없는 것과 마찬가지다. 행복은 추구해서 얻어지는 대상이 아니라, 어떤 결과로서 찾아오는 것이다. 행복이란 네가 참다운 네 자신의 모습으로 존재할 때 얻어지는 부산물이다. 따라서 너는 행복을 추구할 것이 아니라 참다운 네 자신의 모습으로 살아가는 일을 생각해야 한다. 그렇지 않고 행복이 목적이 되는 순간 너는 이미 불행의 길에 접어든 것이다."

버즈는 이해할 수 없었다.

"하지만 사티암, 당신은 언제나 행복하게 보이는데요?"

사티암이 대답했다.

"버즈, 네가 나에게서 보는 것은 행복이라기보다는 평화이다. 이 세상과 나의 삶을 있는 그대로 받아들임으로써 찾아오는 내면의 평화이다."

그때였다. 한 걸음도 떨어지지 않은 곳에서 큰 빗방울 하나가 땅바닥에 떨어졌다. 그들은 대화에 열중하느라 머리 위에 비바람이 몰려오는 것을 알지 못했던 것이다. 하늘은 점점 어두워지고 있었으며 얼음처럼 차가운 바람이 불어오기 시작했다.

벌들 사회에서 가장 중요한 규칙 하나는 비를 맞지 말라는 것이었다. 비에 날개가 젖은 벌은 아무 쓸모가 없기 때문이다. 버즈와 사티암은 서둘러 가까운 곳에 있는 바위 밑으로 날아가 바위 밑둥의 움푹 패인 곳으로 기어들어갔다. 그리고는 점점 거세어지는 비바람을 말없이 응시하고 있었다.

순간 번개가 근처의 나무 밑둥을 때리자 버즈는 잔뜩 겁을 먹고 몸을 움추렸다. 나무들의 꼭대기를 연약한 풀잎처럼 밀어뜨리면서 한 줄기 돌풍이 불어닥쳤다. 하늘은 어둡고 불길한 징조를 보였다. 커다란 빗방울들이 바람에 몰려다니며 땅바닥에 떨어졌다. 마치 바람이 빗방울을 가지고 장난을 치고 있는 것 같았다. 버즈는 전에 이러한 긴장을 느껴본 적이 없었다.

그러다가 갑자기 바람이 빗방울을 풀어놓았다. 바람의 손

아귀에 갇혀 있던 빗방울들이 일제히 쏟아져내리기 시작하면서 저쪽 지평선 끝에서 이쪽 지평선 끝까지 비의 장막이 둘러쳐졌다. 번개는 거의 끊이지 않고 번쩍였으며, 연이어 천둥이 그들이 서 있는 땅을 뒤흔들었다. 번개가 칠 때마다 들판 전체가 무시무시하게 밝아졌으며, 그럴 때마다 버즈는 온몸에 소름이 끼쳤다. 버즈는 잔뜩 긴장이 되어서 사티암을 바라보았다. 때마침 차가운 번갯불빛이 그 늙은 벌의 얼굴에 어린 잔잔한 미소를 비추어주었다. 버즈는 긴장하지 않으려고 노력했다.

점차로 바람과 번개가 물러가고 줄기찬 빗줄기만이 남았다. 그들이 서 있는 곳까지 물방울이 똑똑 떨어지기 시작했다. 그래서 그들은 바위 안쪽으로 더 깊숙이 물러섰다. 그때까지 그들은 침묵을 지키고 있었다.

버즈는 언제나 비를 사랑했다. 비는 언제나 그의 마음을 안정시켜주었다. 그리고 비 온 뒤의 세상은 언제나 다르게 느껴지곤 했다. 그는 사티암이 조금 전에 말한 세상의 완전함에 대해서 생각을 돌렸다.

버즈는 물었다.

"당신이 나에게 말해 온 그 모든 사실들을 당신은 어떻게 알게 되었나요?"

사티암이 대답했다.

"나는 단지 깊은 주의를 기울일 뿐이다. 또 나는 다른 벌들이 말하는 것을 믿는 데에 무척 조심하고 있다. 믿기 전에 나는 내 스스로 그것을 자세히 점검해 본다."

말을 하면서도 사티암은 비 속을 공허하게 응시하고 있었다. 버즈는 사티암의 마음이 멀리 다른 곳에 가 있다는 느낌을 받았다. 하지만 버즈는 세상의 완전함에 대해서 좀더 알고 싶었다. 사티암이 말했다.

"삶을 불완전하게 보는 우리의 생각도 그 자체로 완전한 것임을 너는 알지 못하느냐? 그런 과정을 거쳐서 우리 모두는 마침내 우리 자신의 완전함, 신과 우리의 하나됨을 깨닫는 나름대로의 독특한 삶의 길을 걷는 것이다. 내 경험에 의할 것 같으면 그것이 바로 천국이다."

"하지만 그 모든 것에 무슨 의미가 있죠?"

"그 의미는 바로 네 자신에게 달려 있다. 각자의 모두에게 달려 있는 것이다. 하지만 하나의 공통된 의미는 바로 '확장'이다. 모든 생명체들은 의식의 확장을 통해서 더 큰 존재가 되려고 노력하고 있다."

이야기를 들을수록 버즈는 더욱 혼란스러워졌다.

"하지만 사티암, 더 커지려고 하는 욕망이야말로 바로 이 공동체에서 나를 견딜 수 없도록 만드는 것이에요."

"나는 외부적인 확장을 말하는 것이 아니다. 외부적인 확장은 이미 충분히 진행되었으며, 때로는 지나치다는 느낌이 들 정도이다. 내가 말하는 것은 그런 것이 아니다. 내가 말하는 것은 내면의 확장이라고 하는 완전히 다른 세계이다. 이것을 너는 거쳐야만 하는 것이다. 외부적인 확장과 내부적인 확장, 그 둘 다 필요한 것이다. 아마도 중요한 것은 그 둘 사이의 훌륭한 조화와 균형일 것이다."

버즈는 깊은 생각에 잠겨 고개를 끄덕였다. 이제 막 비가 그쳤음을 알 수 있었다.

"그리고 우리는 우리의 내면을 들여다보고 우리의 진정한 자아를 발견함으로써 그렇게 할 수 있겠지요?"

"옳다. 우리의 근본문제는 우리가 우리 자신들을 신에게서 멀리 떨어진, 신과 분리된 존재라고 생각하는 데에 있다. 신은 하늘을 높은 곳에 존재하는 어떤 거대한 영적인 벌이 아니다. 신은 어디에나 있으며 모든 것 속에 내재한다. 너와 나, 이 바위, 이 들판, 저 하늘, 그리고 우리를 공격하는 곰의 자아 속에도 신이 존재한다."

5 반 마일 떨어진 곳에서 곰 모리스가 숲속을 거닐다가 코끝에 와닿는 달콤한 꿀냄새를 맡게 되었다. 그 순간 모리스는 가까운 곳에 매혹적인 보물창고가 기다리고 있음을 알았다. 새끼곰일 때 이미 모리스는 벌들이 작긴 하지만 곰에게 충분한 고통을 안겨줄 수 있다는 사실을 배웠다. 하지만 꿀이야말로 숲속에서 발견할 수 있는 최상의 메뉴라는 사실 역시 잊지 않고 있었다.

모리스는 벌집이 어디에 있는지 찾아보기로 결심했다. 혹시 운좋게도 그 벌집이 땅에 버려져 있거나 그 밖의 다른 가능성도 있었다. 일단 벌집의 위치를 알기만 하면 온갖 수단을 동원해 볼 수 있을 것이었다.

벌집 속에서 신선한 꽃가루를 저장하고 있다가 버즈는 비

상나팔소리를 들었다. 놀란 가슴으로 그는 광란하는 군중 속을 뚫고 벌집 입구로 달려나가서 아래를 내려다보았다. 그가 가장 두려워하는 일이 벌어지고 있었다. 1.5미터 아래에서 곰 모리스가 벌집이 매달려 있는 나무를 기어오르면서 동시에 자신의 얼굴에 달라붙는 벌들을 손바닥으로 치고 있었다.

이것은 벌들의 공동체에게는 생사가 달린 문제였다. 아니, 생사가 달린 문제라고 늘 들어왔다. 침을 잃은 벌은 죽게 된다는 사실을 생각할 겨를도 없이 모든 일벌들이 본능적으로 침입자를 공격하고 있었다. 언젠가 한번은 더 안전한 장소에 집을 지어서 생명의 손실을 피할 수는 없느냐고 물었다가 버즈는 심한 비난을 받은 적이 있었다. 그것은 자존심에 관한 문제라고 지도자들은 말했다. 모리스에 밀려 다른 장소로 달아난다는 것은 생각할 수도 없는 일이라는 것이었다. 모리스는 지혜가 없긴 해도 매우 덩치 큰 존재였으며, 따라서 벌들은 온갖 수단을 써서라도 모리스를 무찔러야 했다. 또 벌들은 실제로 모리스가 공격해 오기를 원한다는 것을 버즈는 알고 있었다. 지도자 벌들은 전쟁을 즐기고 있었다. 버즈는 왜 그들이 그토록 자존심을 이유로 목숨까지 버리는지 이해할 수 없었다.

버즈는 밖으로 밀려나오는 벌들에 밀려 벌집 밖으로 나왔다. 벌집 아래에서는 한 무리의 벌들이 모리스의 머리 둘레에서 격렬하게 회전하고 있었다. 모리스의 몸에 침을 찌른

벌들은 힘없이 아래로 떨어져내렸다. 버즈는 그 대량학살 장면을 지켜보면서 일정한 거리 밖에서 맴돌았다.

모리스로서는 결정을 내려야 할 시점이었다. 얼굴 전체가 벌들로 뒤덮여 있었다. 눈동자에 침을 쏘일지도 모르는 두려움 때문에 눈조차 뜰 수 없었다. 마침내 모리스는 오늘이 꿀을 맛볼 운수가 있는 날이 아님을 깨닫고서 후퇴하기 시작했다. 지도자 벌들을 제외하고는 모두가 안도의 한숨을 쉬었다. 지도자 벌들은 숲속 깊은 곳까지 곰을 쫓아갔다가 되돌아왔다.

벌집은 비탄과 슬픔에 잠겼다. 치명적인 상처를 입은 수백 마리의 벌들이 집으로 돌아와 서서히 죽어가기 시작했다. 그러면서도 집을 성공적으로 방어했다는 것을 모두가 자랑스러워했다. 그리고 이것이 죽어가는 벌들에게 큰 위안을 주었다.

그리고 나서 이틀 동안 벌집 밑에는 죽은 벌들의 시체가 산을 이루었다. 버즈가 여태껏 목격했던 그 어느 것보다 끔찍한 장면이었다. 그러면서도 뭔가 사악한 방식으로 집단 전체에 동지애가 형성되어 있음을 느낄 수 있었다. 버즈는 이러한 것을 이해할 수 없었다.

모든 일이 다시 정상으로 돌아가기 시작할 때쯤 한 일벌이 지나가다가 버즈를 손가락질하면서 말했다.

"저기 겁쟁이가 있다."

버즈는 믿을 수가 없었다. 모리스 침입 시 그가 주위에서 맴돌기만 했던 것이 다른 벌의 눈에 띄었던 것이다. 버즈는 그냥 무시하고 지나치려 했지만 지도자 벌 하나가 앞을 가로막았다.

"너는 그저께 모리스에게 덤비지 않고 주위에서 맴돌고만 있었지? 너는 비열한 겁쟁이다!"

순간 버즈는 너무 흥분하여 침이 부르르 떨리는 것을 느꼈다. 하지만 가까스로 냉정을 유지했다. 자신의 행복을 남의 판단에서 찾으려 하지 말라고 한 사티암의 말을 기억했기 때문이다. 그래서 버즈는 이렇게 말했다.

"나는 전쟁을 원치 않는다. 그리고 나는 집단의 자존심을 위해서 내 생명을 희생시키고 싶지 않다. 우리는 모리스를 다른 방식으로 다룰 수도 있었다. 만일 내가 느끼는 대로 모두가 느낀다면 저 아래의 저렇게 많은 시체들은 발생하지 않았을 것이다."

지도자 벌이 말했다.

"모리스는 사악한 존재이며 마땅히 쳐부수어야 한다. 모리스 때문에 우리의 삶의 방식을 바꿀 수는 없다. 모리스에게는 그런 권리가 없다."

버즈가 말했다.

"하지만 만일 우리가 모리스의 손이 닿지 않는 안전한 장

소로 옮겨간다면 우리는 그를 다시는 대면하지 않아도 될 것이다."

"그렇다면 집단의 사기는 어떻게 되겠는가? 그렇게 되면 우리는 이 계곡에서 웃음거리가 되고 말 것이다."

버즈가 말했다.

"어쩌면 당분간은 그럴 것이다. 하지만 결국 우리는 더욱 강해질 것이다. 왜냐하면 모리스가 꿀을 원할 때마다 매번 수백 마리의 벌들을 잃지 않아도 될 것이기 때문이다."

"그것은 중요하지 않다. 모리스는 그가 우리를 함부로 대할 수 없다는 사실을 깨달아야만 한다."

이 말에 버즈는 도저히 참을 수가 없었다. 그래서 지도자 벌에게 매우 위험한 질문을 던지고 말았다.

"그런데 만일 당신이 그토록 모리스를 미워한다면 왜 당신은 저 시체더미 속에 죽어 있지 않고 여기서 나와 함께 쓸데없는 논쟁을 하고 있는가?"

지도자 벌은 말을 더듬었다.

"나, 나는……."

그가 말을 계속하기 전에 버즈는 다른 곳으로 날아가버렸다.

6 세상의 완전함에 대하여 사티암이 한 말을 버즈는 다시 생각하지 않을 수 없었다. 버즈의 내면에 있는 낡은 자아는 사티암의 말을 터무니없는 것으로 평가하기를 원하고 있었다. 어떻게 400마리의 벌들이 곰의 습격 때문에 죽음을 당하는 것을 완전하다고 할 수 있는가? 하지만 다른 한 편에서는 새로운 자아가 생겨나 이 개념에 흥분이 되었다. 그의 존재 깊숙한 곳에 있는 무엇인가가 그 말이 옳다고 소리치고 있었다.

어느 따뜻한 오후 버즈는 사티암과 함께 민들레의 깃털 위에 앉아서 햇빛에 몸을 녹이고 있었다.

"곰의 습격 때문에 400마리의 벌들이 떼죽음을 당했는데

도 어째서 그것이 완전한 것인지 설명해 주세요."

"아니다. 내가 설명할 것이 아니라 네가 나에게 설명해 보라."

버즈가 점점 게을러져가고 있음을 사티암은 느꼈다.

"흠…… 글쎄요. 맨 먼저 모리스가 꿀을 좋아하는 것에는 아무것도 나쁠 것이 없다고 나는 생각합니다. 단지 우리의 관점에서 바라볼 때만이 사악한 것이죠. 그는 단지 우연히 우리의 꿀을 원하게 되었을 뿐이거든요. 그리고 우리가 그에게 안겨준 고통 때문에 그는 아마도 우리가 그에 대해서 생각하는 것처럼 그 역시 우리를 악한 존재로 생각할 테죠."

"좋아. 계속해 봐."

"음…… 그때 죽은 벌들은 곰의 습격으로부터 벌집을 보호하기 위해서 죽었지만 또한 다른 목적도 있는 것 같아요. 즉 우리의 영혼을 자극하여 영적으로 더 진화된 삶을 살 수 있도록 하기 위해서죠. 어리석을수록 그러한 교훈을 얻기가 어렵죠. 그 벌들은 죽을 필요가 없었어요. 하지만 문제는 집단의 대다수가 너무나 게으르고, 자존심 많고, 낡은 전통에 얽매여 있기 때문에 진지하게 삶의 전환점을 찾기가 어려운 거죠. 그러나 진정한 삶의 전환점을 찾지 않고서는 우리는 똑같은 실수를 반복해서 저지르고 말 거예요. 완전함이란 일의 결과에 있는 것이 아니라, 과정 그 자체에 내포되어 있는 것 같아요. 모든 과정이 우리에게 배움의 기회를 준다는 것, 이것이 바로 완전함이 의미이겠지요."

"너는 마치 영적 스승처럼 말하는구나!"

사티암은 자랑스럽게 자신의 더듬이로 버즈의 더듬이를 때렸다. 버즈는 지금까지 한 번도 자신을 스승으로 생각해 본 적이 없었다.

다른 세계로 멀리 가 있는 듯한 시선이 다시금 사티암의 얼굴에 나타났다.

"물질 차원에서 일어나는 모든 사건들은 우리의 영적인 차원에 반드시 영향을 미치는데, 그것이 바로 교훈이라는 것이다. 교훈은 경험이 긋고 지나간 흔적과 같은 것이다. 배움을 통해 우리는 여기까지 와 있으며, 앞으로도 배움이 우리를 어디론가 인도해 갈 것이다. 비록 대다수의 벌들이 이 세상을 그 자체로 끝이라고 생각하지만 이 세상 역시 하나의 배움의 단계에 지나지 않는다. 더 큰 깨달음을 얻기 위한 하나의 수단일 뿐이다. 이 단계에서의 성취가 끝나면 더 많은 단계가 우리를 기다리고 있다."

버즈는 이 가르침이 하나의 영적인 계시처럼 그의 존재 전체를 꿰뚫고 지나가는 것을 느꼈다.

"사티암, 왜 진작 그런 이야기를 해주지 않았죠?"

"그것은 네가 아직 준비가 되지 않았기 때문이다. 내가 이야기를 했어도 너는 이해하지 못했을 것이다."

버즈는 그것을 가지고 논쟁할 수가 없었다. 이 모든 것은 아주 새로운 이야기였다. 곰의 습격은 확실히 그에게 많은 교훈을 주었다.

"저렇게 죽은 벌들이 나의 스승들이었어요. 비록 그들에게는 그런 의도가 없었지만 말예요."

"그렇다. 우리는 모든 존재로부터 배움을 얻을 수 있다. 비록 우리 생각에는 우리보다 아는 것이 적은 존재라 할지라도 우리는 그들로부터 배워야 한다. 우리는 모두 서로의 스승이며 제자인 것이다."

사티암은 몸이 충분히 따뜻해지자 민들레 잎사귀의 그늘 밑으로 들어갔다. 버즈는 그곳에 그냥 앉아서 생각에 잠겼다.

"이 관점은 대단히 놀라운 것이에요. 모든 것을 내부에서 외부로 바라보는 대신에 시각을 바꾸어 외부에서 내부로 바라보는 것과 같아요. 또한 여기에서 우리가 단순한 벌의 존재 이상이라는 사실을 깨달을 수 있다는 뜻이 담겨 있으며, 또 만일 영적으로 충분히 성장한다면 어떤 면에서 우리가 신과 하나가 될 수 있다는 뜻도 담겨 있는 것 같아요."

사티암은 민들레 그늘 밑에서 껄껄 웃었다.

"그런 것 같은가?"

7 봄이 여름 속으로 사라지자 버즈는 더 많은 시간을 사티암과 함께 보냈다. 사티암은 이제 장시간 날아다닐 수 없음이 분명해졌다. 늙은 벌의 육체는 마침내 존재의 더 고차원적인 에너지의 손길에 자신을 내주고 있었다. 비록 그의 정신은 전처럼 예리했지만 이제 그는 1분도 계속해서 날 수가 없었다. 벌이 더 이상 날 수 없다고 하면 그 다음 말이 필요가 없었다…….

버즈는 모든 것에 의문을 던지고 있었다. 이따금 내면의 새로운 차원을 흘낏 들여다보기도 했지만 대부분의 시간은 고통과 좌절감이 더욱 커져가는 것을 느꼈다. 한 시간, 또는 하루 동안은 자신이 살아 숨쉬고 있음을 크나큰 축복으로 여기고 우주와 하나됨을 느끼면서 자신이 찾아헤매던 것을 마침내 발견했다고 행복하게 소리치기도 했다. 하지만 얼마 가지 않아서 그러한 느낌은 흔적도 없이 사라지고 고통과 좌절감이 밀려오는 것이었다. 그 순간이 지나면 아무리 노력을 해도 삶의 통찰력이라든가 우주와의 합일감을 되찾을 수가 없었다. 그러다가 자신도 모르는 사이에 옛날의 심리상태로 돌아와 있었으며, 그것은 전보다 훨씬 더 나쁜 상태였다. 이것은 버즈의 마음에 깊은 상처를 주기도 했다. 버즈는 자신이 그토록 불안정하고 혼란된 심리상태를 체험하리라고는 상상하지도 못했다. 때로 그는 이 모든 것이 그를 더욱더 깊은 혼란에 빠뜨리는데도 불구하고 왜 자신이 사티암과 함께 그토록 많은 시간을 허비하는지 의문을 던지기도 했다.

아직도 버즈는 은연중에 산 너머의 세계에 강하게 이끌리고 있었다. 사실 잠시도 그 세계에 대한 생각을 하지 않는 것이 거의 불가능했다. 어느 날 오후 버즈는 또다시 산쪽을 바라보기 위해 나무들이 자라고 있는 경계선 위까지 날아올라갔다. 그곳은 실로 위험한 곳이었다. 머리 위로는 바위산이 아득하게 펼쳐져 있었으며, 가문비나무 사이로 거센 바람이 불어오고 있었다. 또 공기가 희박하여 날기에 아주 불편했다. 그곳에서는 차가운 회색 바위들이 부드러운 초록색 들판과 강렬한 대조를 이루고 있었다. 하지만 버즈의 내면에 있는 어떤 것인가가 산 너머까지 날아가는 것이 가능한 일임을 말해 주고 있었다.

그날 저녁 늦게 사티암을 만나 그 이야기를 했더니 사티암은 약간 차가운 반응을 보였다.

"어디로 가든 너는 여전히 네 자신이다."

버즈는 말했다.

"나도 알아요. 하지만 저 너머에 무엇이 있는지 확인해야 한다고 내 안의 무엇인가가 말하고 있어요."

"그것은 좋다. 하지만 그것이 너의 문제를 해결해 주리라고 생각해서는 안 된다는 것이다."

버즈는 마지못해서 사티암의 말을 인정했다. 사티암이 옳다는 것을 버즈는 알고 있었다. 하지만 사티암이 언제나 옳은 말만 하는 것에 이제는 약간 진력이 났다. 사티암이 말했다.

"자, 너의 그 충동에 대해서 좀더 말해 보라."

"글쎄요. 그것은 무어라 설명하기 어려워요. 마치 내가 무엇엔가 홀린 것 같아요. 나는 산 너머에 대한 생각을 떨쳐버릴 수가 없어요. 아무래도 그것을 시도해 보아야 할 것 같아요."

사티암이 말했다.

"마치 산이 너에게 뭔가를 말하려 하고 있는 것처럼 들리는구나. 그런데 무엇이 너를 못 떠나게 붙들고 있느냐?"

버즈는 대답했다.

"무엇이 붙들고 있냐구요? 저 위는 위험해요! 바람이 미친

듯이 불고 있고, 또 너무 높아서 올라기도 힘들어요. 죽을지
도 몰라요. 그래서 나는 떠나서지 못하고 있는 거예요!"

"죽기를 두려워한다면 너는 삶에서도 두려움을 느낄 것이
다."

"당신은 언제나 쉽게 말하죠!"

버즈는 약간 공격적으로 말했다. 사티암의 고지식함이 버
즈를 지겹게 만들었다. 버즈는 도대체 사티암의 속마음을 알
수가 없었다. 이 순간에는 이 생각에 찬성했다가 다음 순간
에는 그것에 반대하는 것이었다. 버즈는 참지 못하고 내뱉듯
이 말했다.

"사티암, 나는 당신이 나를 도우려고 한다는 것을 알아요!

하지만 이따금 나는 당신의 겉 다르고 속 다른 말 때문에 너무나 실망감을 느껴요! 왜 당신은 나에게 어떻게 행동하라고 직접적으로 말해 주지 않나요?"

사티암은 버즈의 목소리에서 긴장감을 느낄 수 있었다.

"네가 갈등을 겪고 있는 것을 보는 것이 나를 고통스럽게 하는구나, 버즈! 때로 나는 너에게 충고를 해주기 원하지만 나에게 옳은 것이 반드시 너에게까지 옳은 것은 아니다."

버즈의 실망감이 더욱 커졌다. 버즈는 스스로 포기하듯이 말했다.

"이따금 나는 세상으로 되돌아가서 다른 벌들과 똑같은 삶을 살고 싶을 때가 있어요."

사티암이 말했다.

"이제는 돌아갈 방법이 없다. 너는 이미 너무 많은 것을 알았다."

"거 참, 대단한 소리군요!"

버즈는 이제 빈정거리기까지 했다.

길고 불편한 침묵이 계속되었다. 버즈는 자신이 차라리 태어나지 않았으면 좋았을 것이라는 생각이 들었다. 그 생각을 사티암에게 말하자 사티암은 동정어린 투로 말했다.

"삶이라는 것이 네가 아는 것처럼 그렇게 고통과 노력의 연속인 것만은 아니다. 삶이라는 것은 너무나 중요한 것이기 때문에 고민으로 세월을 보내서는 안 된다. 왜 너는 신에게 너의 삶을 완전히 맡기지 않느냐?"

버즈는 반쯤 호기심 어린 표정으로 물었다.

"어떻게 하면 그렇게 할 수 있나요?"

"너는 아무것도 할 필요가 없다. 그냥 지금 여기에 존재하라. 어쨌든 지금까지도 너는 그렇게 해왔지만 단지 그것을 자각하지 못했다. 너의 모든 행동이 곧 신의 표현이며 신 이외의 다른 것을 표현하기란 실로 불가능한 일이지만, 그것을 자각하지 못하는 일은 충분히 가능하다."

버즈는 잔뜩 절망적인 표정을 하고서 의심어린 눈초리로 사티암을 쳐다보았다. 어디까지나 정중하게 사티암의 말을 이해하려고 노력했지만 갑자기 분노가 치밀어올랐다.

"도대체 그것이 무슨 의미죠? 왜 당신은 나에게 직접적으로 말씀하시지 않는 거죠? 지금 당신은 내 목을 꽉 움켜쥐고 있으면서 나에게 더 많은 것을 먹이려 하고 있어요! 게다가 더 나쁜 짓은 내가 그것을 받아먹으려 하고 있다는 것이죠! 나는 당신이 하는 이해 못할 신비한 말 때문에 병이 생기고 지쳤어요. 당신의 모든 것이 나에게 안겨주는 것은 고통뿐이에요! 나는 이제 당신 곁을 떠나겠어요!"

버즈는 참을 수 없이 화가 났다. 그는 몸을 일으켜 세워 마음의 위안을 찾아 숲속으로 날아갔다. 하지만 금방 다시 되돌아가서 사티암 곁을 날면서 있는 힘을 다해 이렇게 소리쳤다.

"나를 그냥 내버려 두세요! 나는 더 이상 당신의 말을 받아 들일 수 없어요!"

버즈는 방향을 돌려 숲속으로 날아가서는 자신이 즐겨 찾는 물가에서 오후 시간을 보냈다. 그는 물가를 계속 오가면서 생각에 잠겼다. 그의 삶이 엉망진창이 된 것 같았다. 그것은 그의 스승이자 가장 친한 친구 사티암 때문이었다. 그 늙은 미치광이가 도대체 자신을 이토록 세뇌시켜놓다니! 버즈는 어서 빨리 사티암이 죽게 되기를 은근히 원하고 있었다. 그래서 다시는 그를 보지 않게 되기를 바랐다. 그렇게 되면 많은 문제들이 자동적으로 풀릴 것이었다. 그렇게만 된다면 그는 다시 정상적인 상태로 돌아갈 수 있을 것이다. 얼마나 오래 기다리면 그렇게 될 수 있을까 버즈는 생각했다.

그 다음 날, 버즈는 의도적으로 사티암을 피했다. 비록 그 늙은 스승이 좋은 의도를 갖고 있긴 하지만 이제 그는 너무 늙었으며, 그리고 버즈는 더 이상 그의 지혜를 필요로 하지 않았다. 버즈는 다시 건강한 정신을 되찾는 데에 모든 노력을 기울일 필요가 있었다.

날이 저물어갈 무렵 버즈는 집을 향해 날아갔다. 그때 문득 그의 시선 한쪽에 어떤 벌 하나가 고통을 받으면서 땅바닥에 누워 있는 광경이 들어왔다. 버즈는 자신이 도울 일이 없을까 하고 급히 아래로 내려갔다. 그랬더니 그것은 다름 아니라 몸을 일으키려고 애처롭게 노력하고 있는 사티암이었다. 늙은 스

승이 헛되이 애를 쓰고 있는 것을 보자 버즈의 마
음 속에는 당장에 후회의 물결이 밀려왔으며,
사랑의 눈물이 눈앞을 가렸다. 사티암은
분명 죽어가고 있었다.
  버즈는 얼른 곁에 내려앉아서 죽
어가는 스승을 위로하려고 노력
했다. 눈물이 그의 두 뺨을 적
시며 흘렀다.
  "미안해요, 사티암! 정말
미안해요!"
  버즈는 흐느껴 울었다.
  "제발, 나를 용서해 주세
요!"
  "아무것도 미안할 것이
없다, 버즈."
  고통 속에서도 사티암은
속삭였다.
  "너는 네가 해야만 하는 대로
행동했을 뿐이다."
  사티암은 진정으로 모든 것을 용
서한다는 듯이 버즈를 보고 평온한 미
소를 지었다.

버즈는 뜨거운 사랑으로 가득 차서 늙은 스승의 머리를 가능한 한 편안한 상태로 받쳐주었다.

"사티암, 당신이 나에게 준 모든 것에 대해서 많은 감사를 느끼고 있어요. 언제나 당신을 기억할 거예요."

사티암은 그저 평화로운 미소를 지을 뿐이었다.

"내가 가르쳐준 것을 다른 벌들에게 전하라."

버즈는 사티암의 얼굴에 나타난 평화로움에 놀랐다.

"당신은 죽음에 대해서는 아무런 말도 하지 않았어요. 당신은 두렵지 않나요?"

"내 자신이 진실로 어떤 존재인가를 잊었을 때만이 나는 죽음이 두려울 따름이다."

사티암은 죽어가는 사람답지 않은 놀라운 확신으로 말했다.

"나는 이 육체를 가지고 배울 수 있는 것은 모두 배웠다. 이제 나는 다음 단계로 나아갈 준비가 되어 있다."

사티암은 그가 죽어가고 있다고는 믿기 어려울 정도로 무척 평화롭게 보였다. 문득 사티암은 얼굴을 찡그리고서 몇 차례 깊은 숨을 들이쉬고는 천천히 말을 계속했다.

"내 말을 들어라, 버즈. 너는 진리를 발견할 매우 드문 능력과 용기를 갖고 있다. 하지만 이것을 명심하라. 진리를 발견하는 것은 끝이 아니라 그것이 바로 시작이다. 진리를 발견한 그 순간부터 너는 그 진리를 삶 속에 실천해야 한다. 내 말을 이해하겠느냐, 버즈? 진리는 그것이 삶 속에 표현되지 않는 한 아무런 의미도 없는 것이다. 말로만 진리를 이야기하지 말라. 진리를 살아라!"

사티암의 호흡이 점점 얕아져가고 있었다. 버즈는 온갖 노력을 위해 스승을 위로했다. 스승은 마지막으로 뭔가를 말하려 하고 있었지만 그 말을 하기 위해 숨을 들이쉴 기력이 남아 있지 않은 것 같았다. 마침내 스승은 버즈를 가까이 잡아당기고서 꺼져가는 목소리로 이렇게 속삭였다.

"…… 아침 일찍…… 떠나라……."

그리고 나서 사티암은 얼굴에 미소를 지은 채 숨을 거두었다.

8 버즈는 눈물로 밤을 지샜다. 사티암은 그가 사랑했던 유일한 벌이었다. 그리고 그를 이해해 주었던 유일한 벌이었다. 그런데 사티암은 이제 가고 없었다. 버즈는 벌써부터 못견디게 그가 보고 싶었다. 자신이 이토록 심한 고독감과 슬픔을 느끼게 될 줄 몰랐었다. 그날 밤은 그의 생애에서 가장 길고 가장 슬픈 밤이었다.

버즈는 더 이상 눈물이 남지 않을 때까지 흐느끼고 또 흐느꼈다. 그리고는 침묵 속에 노스승을 애도하면서 그 자리에 서 있었다. 결국 엄청난 당혹감이 그를 엄습하기 시작했다. 이제 무엇을 해야 하는가? 어쨌든 이제 조만간 사티암의 곁을 떠나야만 했다. 그래서 일단 집으로 돌아가긴 했지만 옳지 못하다는 생각이 들어서 다시 그 자리로 돌아왔다. 그리고는 생명이 떠나긴 했지만 평화로운 얼굴을 하고 깊이 잠든 스승을 슬픔에 잠긴 눈으로 지켜보면서 새벽을 맞이했다.

사티암이 그의 인생에 나타났었다는 것이 크나큰 행운이었음을 버즈는 깨달았다. 그 늙은 스승은 그에게 너무 많은 것을 주었다. 하지만 이제 그는 그 많은 것을 가지고 무엇을 해야만 하는가?

버즈의 머리는 그가 지금까지 사티암에게서 들은 가르침으로 가득 찼지만 결국 다음의 말로 요약될 수 있었다.

"진리를 살아라."

버즈는 그 진리가 자신에게는 산 너머의 세계를 여행하는 일임을 깨달았다. 죽을 때까지 그것에 대해서 생각하고 말할 수도 있지만 직접 행동으로 옮기지 않는 한 그것은 거짓된 삶이 될 것이었다.

버즈는 마지막으로 사티암에게 작별의 인사를 하고서 새벽의 첫 햇살이 나뭇가지 사이로 밝아오자마자 하늘 높이 날아올랐다. 아직 춥고 어두운 공기 속을 난다는 것이 무척 어려운 일이긴 했지만 더 이상 기다릴 수 없었다. 나무들의 경계선까지 올라가자 아침노을이 산봉우리들을 붉은 기운으로 물들이고 있었다. 버즈는 경이에 차서 그 광경을 바라보았다. 이곳은 실로 대단한 세계였으며, 이제부터 그는 이 세계를 가능한 한 더 많이 체험할 것이었다.

버즈는 기운을 보충하기 위하여 몇 송이 야생화의 꿀로 목을 축였으며, 그리고 나서 산봉우리들을 살펴보았다. 산봉우리들은 아주 위협적으로 그의 눈앞에 버티고 서 있었다. 하지만 그것말고도 뭔가 다른 것이 그를 괴롭히고 있었다. 뭔가가 잘못되었다고 느끼고 있었다. 버즈는 그것이 무엇인가를 알아내려고 노력했지만 허사였다. 몇 가지 생각으로 신경이 날카로워지기까지 했다.

"내가 지금 이 높은 곳에 올라와서 무엇을 하고 있는 것일까?"

그는 자기 자신에게 물었다.

"나는 미친 것임에 틀림없다! 바람이 나를 저 바위에 내동댕이치고 말 것이다!"

그 순간 그는 문득 깨달았다.

"바람이라고? 여기엔 바람이 전혀 없지 않은가!"

버즈는 속으로 소리쳤다. 침묵 속에서 대기가 그를 향해 손짓하고 있는 것처럼 느껴졌다.

"이리 오라. 너는 할 수 있다!"

흥분이 되어 몸이 떨리기까지 했다. 계곡이 멀리 아래로 점점 멀어져 감에 따라 사티암의 가르침이 산봉우리에 메아리치고 있는 것 같았다.

"아, 사티암!"

문득 버즈는 깨달았다.

"그래서 그는 나에게 아침 일찍 떠나라고 말했구나. 그렇다면 그가 이곳까지 올라와 본 적이 있단 말인가? 그래서 이른 아침이면 이곳에 바람이 없다는 것을 알고 나에게 아침 일찍 떠나라고 하지 않았을까?"

처음 150미터는 별로 신체적인 어려움 없이 마치 들판을 산책하는 것처럼 가볍게 올라갈 수 있었다. 버즈는 에너지를 재충전하기 위해 잠시 공중에 머물러 아래의 풍경을 내려다보았다. 한 가지만은 확실했다. 전에는 그가 이렇게 높은 곳까지 올라와 본 적이 없다는 것이었다. 저 멀리 계곡 아래의 들판이 마치 초록색 작은 배구 코트처럼 보였다.

위로는 아직 300미터의 바위산이 차가운 얼굴을 하고서 버즈의 이 당돌한 도전을 비웃고 있었다. 그는 계속해서 올라가기 시작했다. 이번에는 서둘지 않고 신체의 균형을 생각해서 보다 천천히 날아올라갔다.

절반 지점까지 올라갔을 때 버즈는 힘이 떨어진 것을 느꼈다. 그의 연약한 두 날개는 지금까지 이렇게 힘든 여행을 해본 적이 없었다. 잠시 휴식을 취하기 위해서 버즈는 밖으로 노출된 바위 위에 내려앉았다. 그곳에 앉아서 발 아래 펼쳐진 장엄한 계곡을 내려다보고 있자니 자신이 지금 어떤 행동을 하고 있는가가 확연히 느껴졌다.

그곳은 원시적인 아름다움을 간직하고 있었다. 공기는 완벽에 가까울 정도로 맑고 상쾌했다. 계곡의 왼쪽에서 흘러내

리는 가느다란 폭포줄기에서 아침 안개가 흘러나와 들판에 깔리고 있었다. 그런가 하면 수천수만의 녹색들이 앞다투어 밝은 태양빛을 흡수하고 있었다. 계곡의 물 속에서 아침 수영을 즐기는 동물들이 있고, 한 편에서는 사슴들이 풀을 뜯고 있었다. 구름들은 전보다 훨씬 가까운 곳에서 떠다니고 있었다. 그리고 먼 곳에서 들려오는 새들의 노랫소리가 대기를 가득 채우고 있었다. 아, 모든 것이 살아 있었다.

"진실로 모든 것이 완전하다!"

버즈는 천천히 자기 자신에게 말했다.

"모두가 완벽한 조화를 이루고 있다. 모든 것들이 서로가 서로를 보완해 주고 지탱해 주고 있다. 여기에 어떤 결함이나 실수라는 것은 없다. 좋고 나쁜 것은 오직 벌들의 생각 속에나 있는 것이다. 모든 것은 좋고 나쁨을 떠나 그저 있는 그대로 존재하고 있을 뿐이다!"

이러한 심오한 깨달음으로 버즈는 흥분했고, 나아가 환희의 절정을 느꼈다.

"이것이 바로 내가 진실로 내 자신일 때 저절로 행복이 찾아온다고 한 사티암의 가르침이구나!"

순간 한 줄기의 바람이 그를 잠시 비틀거리게 했다. 만일 오늘 중으로 이 산을 넘어갈 계획이라면 서두를 필요가 있었다. 왜냐하면 이미 산들바람이 불어오기 시작했다. 또다시 50미터, 100미터, 150미터…… 더 높이 올라갈수록 그곳에서는 산들바람이 아니라 거센 바람이 불고 있었다. 따라서 몸의 균형을 유지하기가 더욱 어려웠다.

순간 버즈는 바람에 떠밀려 심하게 바위에 부딪쳤다. 그러더니 다시 더 거센 바람이 불어와 순식간에 그를 30미터 아래로 후퇴시켰다. 버즈는 재난이 닥쳐왔음을 느꼈으며 가능한 한 바위에 부딪치지 않기 위해 필사적으로 바람과 싸웠다. 그의 작은 두 날개는 온 힘을 다해 퍼덕였다. 하지만 기운만 빠질 뿐이었다. 그는 착륙할 곳이 필요했다. 그것도 당장에 필요했다. 그것도 당장에 필요했다. 하지만 공기가 너무나 불안정해서 근처의 바위에 내려앉기가 불가능했다. 버즈는 지금 큰 위험에 처했으며 그 자신도 그것을 알고 있었다.

그러다가 그가 가장 두려워하는 거센 돌풍이 불어닥쳤다. 그가 마지막으로 기억할 수 있는 것은 자신이 완전히 균형을 잃고 산의 한 쪽으로 밀려나면서 미친 듯이 회전했다는 사실뿐이었다.

9 정신이 돌아왔을 때 첫번째로 버즈가 느낀 것은 놀라움이었다. 그는 믿을 수 없는 기분으로 주위를 둘러보았다. 돌풍에 떠밀려 그는 100미터 아래의 좁은 바위틈새로 내동댕이쳐졌었다. 그는 완전히 탈진상태였으며, 도저히 몸을 추스릴 기력이 없었다. 하지만 그는 살아 있었다. 정신이 들자 그는 이런 조건하에서는 더 이상 높이 올라갈 방법이 없다는 것을 깨달았다. 사실 올라가는 것은 둘째치고 이런 상태로는 다른 어느 곳으로 날아간다는 것이 불가능했다. 그는 지금 기운을 되찾게 해줄 꿀이 필요했으며, 그것도 절실하게 필요했다.

버즈는 자신이 빠져나갈 어떤 가능성이 있는지를 알아보기 위해 앞뒤로 기어다녔다. 위, 아래, 오른쪽, 왼쪽…… 유일한 선택은 바위의 얼굴에 대고 으르렁거리는 바람과 부딪치는 일뿐이었다. 이 상태에서는 난다는 것이 도저히 불가능했다. 서서히 버즈는 모든 것이 끝장이라는 것을 깨닫게 되었다.

이제 버즈는 감각기능까지 상실했다. 그의 귀에서는 계속해서 윙윙거리는 소리가 들렸다. 믿을 수가 없었다. 그는 지금 죽어가고 있었다. 다른 누군가가 아니라 바로 버즈 그 자신이 지금 죽어가고 있었다. 당장 내일이면 그는 더 이상 이 세상에 존재하지 않을 것이다. 그는 아직 젊었다. 그런데 어떻게 이러한 일이 그에게 일어날 수 있단 말인가?

오랫동안 꿈꾸어오던 일을 마침내 실행에 옮겼는데 이제 그것 때문에 그는 죽음을 맞이하게 되었다. 진리를 산다는 것이 이토록 큰 대가를 불러온단 말인가! 수만 가지의 생각들이 공포에 사로잡힌 그의 머리 속으로 걷잡을 수 없이 밀려왔다.

그는 죽음이라는 것을 잠드는 것과 같은 것이라고 생각하려고 노력했다. 죽음과 잠에 차이가 있다면 단지 죽음은 영원히 잠에서 깨어나지 않는다는 것뿐이었다. 하지만 아무리 그렇게 생각해도 그것이 그의 마음을 위로해 주지는 못했다. 그는 굶주려서 죽는 것이 과연 어떤 것일까, 그리고 그렇게 되기까지 시간이 얼마나 걸릴까를 생각해 보았다. 또 자신의 몸에 어떤 일이 일어날 것인가를 상상해 보았다. 일단 생명이 사라지면 몸이 건조해지기 시작할 것이다. 그리고 한 줄기 바람이 그 시체를 밀어붙여 바윗길을 따라 아래로 떨어뜨릴 것이다. 그렇게 되면 풀밭 어딘가에 누운 채로 썩기 시작할 것이다. 더 이상 아무도 그 일을 알지 못할 것이고, 아무도 걱정해 주지 않을 것이다.

모두가 끔찍할 정도로 슬픈 일이었다. 버즈는 몸을 떨면서 울었다. 소리를 지르고 마구 울부짖기도 했다. 하지만 그럴수록 공포만 더욱 커질 뿐이었다.

버즈는 아침이 다 가도록 이 불가피한 상황 속에서 계속 고통받을 수밖에 없었다. 때로 그는 공포와 슬픔에 완전히 압도당하기도 했다. 그러다가 문득 버즈는 이런 식으로 죽고 싶진 않다고 생각했다. 어떻게든 자기 자신을 수습해 보려고 노력했다. 그래서 얼마 동안은 이성적으로 자신의 삶과 죽음에 대하여 명상할 수 있게 되었다. 하지만 오래 가지 않아 이성은 달아나고 공포와 슬픔이 또다시 그를 덮어누르곤 했다.

이제 버즈는 자신이 완전히 탈진상태가 되어가고 있음을 느꼈다. 거의 움직일 수조차 없었으며 명확한 생각을 하기가 무척 어려웠다. 모든 것이 안개가 낀 것처럼, 마치 꿈속처럼 느껴졌다. 처음의 공포상태보다 차라리 이러한 상태가 버즈에게는 더 나았다. 어쨌든 그렇게 나쁜 상태만은 아니었다.

버즈는 의식을 잃었다가 다시 되찾곤 하는 상태를 여러 번 반복했다. 그때였다. 어느 곳으로부턴가 꿀냄새가 바람에 묻

어오는 것이었다. 그는 깜짝 놀라서 일어
나 앉았다. 어떻게 이런 곳에서 꿀냄새를
맡을 수 있단 말인가? 새벽부터 지금까지
그는 아무것도 먹지 못했으며, 그의 육체
는 에너지가 완전히 고갈된 상태였다. 버
즈는 어디선가 풍겨오는 꿀냄새를 하나의
환각증세로 생각해 버리고는 다시금 자리
에 누웠다.

그때 문득 그는 시야의 한 쪽 구석에서
그것을 보았다. 처음에는 자신이 꿈을 꾸
고 있다고 생각했다. 그는 눈을 부비고 다
시 쳐다보았다. 역시 그것이 그곳에 있었
다. 세 송이의 작은 자줏빛 야생화가 이
차갑고 생명 없는 화강암 틈새에서 기적
적으로 자라고 있었던 것이다.

버즈는 아직도 그것을 믿을 수가 없었
다. 도대체 이게 어떻게 된 일일까? 이 바
위 틈바구니 속에서 버즈는 아침 시간을
보냈었다. 그런데 어떻게 지금까지 저 꽃
들을 발견하지 못했단 말인가? 지금 꿈을
꾸고 있는 것일까?

버즈는 완전히 탈진한 작은 육체를 이

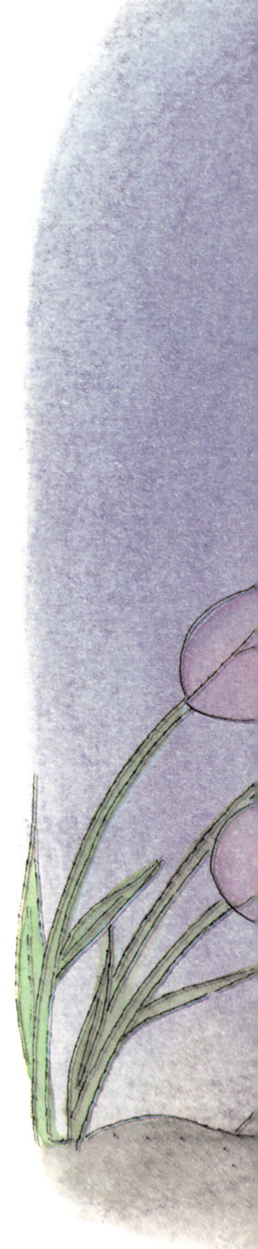

끌고 꽃이 있는 곳으로 다가가서 그것들을 만져보았다. 진짜였다! 실제로 꽃이 그곳에 있었다! 버즈는 온 힘을 다하여 꽃 위로 기어올라가 종처럼 생긴 꽃송이 안을 들여다보았다. 그 작은 입술 안에 엷게 고인 꿀이 반짝이고 있었다. 그는 지체하지 않고 꽃송이 안으로 미끄러져 들어가 한껏 허기진 배를 채웠다. 지금까지 그토록 맛있는 꿀을 먹어 본 적이 없었다. 첫번째 꽃송이를 끝내자 두번째 꽃송이로 옮겨갔다. 온몸의 기운이 서서히 되살아나기 시작했다. 두번째 꽃송이의 꿀을 반쯤 마셨을 때 비로소 배가 부른 것을 느꼈으며, 그래서 이제 완전히 정신을 되찾을 수 있었다.

문득 이제 살았다는 생각이 들었다. 버즈는 너무나 기뻤다. 어쨌든 그는 이제 죽지 않을 것이다. 버즈는 너무나 안심이 되고, 기쁨에 넘쳤다. 말할 수 없는 환희가 밀려왔다. 살아 있다는 것은 정말 기분좋은 일이었다. 그는 자신의 삶을 다시는 당연한 것으로 받아들이지 않겠다고 맹세했다.

자리로 돌아와 다시 꽃을 뒤돌아보았다.. 아직도 방금 일어난 일을 믿을 수가 없었다.

"이 얼마나 놀라운 행운인가!"

그는 혼자서 생각했다.

"어떻게 저 꽃들이 저곳에 피게 되었을까? 또 무엇보다도 바람이 나를 바위에 내동댕이쳤을 때 왜 나는 죽지 않았을까? 도대체 오늘 아침 이곳에서 내가 겪은 이 모든 일이 뜻하는 바가 무엇일까?"

　이제 버즈는 완전히 정신을 되찾았다. 한 줄기 바람이 그를 바위 틈의 안쪽으로 더 밀어붙이면서 불어왔다. 바람이 지나갈 때까지 버즈는 바위의 튀어나온 부분을 움켜잡고서 잔뜩 웅크렸다. 바람은 전보다 더 기분나쁘게 윙윙거리고 있었다. 저 아래쪽으로 굴러떨어져 죽지 않고서는 그곳을 빠져나갈 방법이 없음을 버즈는 알았다. 하지만 자신의 현재 위치가 바람으로부터 잘 보호받을 수 있을 뿐더러 햇볕도 잘 드는 곳임을 알고는 어느 정도 안심했다. 석양 무렵이면 대개 바람이 잔잔해진다는 것을 버즈는 알고 있었다. 따라서 아무리 상황이 나빠도 오후 늦게까지만 기다리면 될 것이었다.

　그래서 이 대담한 작은 벌은 자신의 고향땅을 내려다보면서 왕이 된 기분으로 그곳에 앉아 있었다. 이제 버즈는 그 어느 때보다도 더 많은 생의 의지를 느꼈다. 그는 큰 미소를 얼굴에 띠고서 자신이 좋아하는 꿀벌 노래를 흥얼거리면서 시간을 보냈다. 이제 그는 이 고된 시련을 이겨냈을 뿐 아니라 머지않아 바람이 잔잔해지면 산 너머의 세계로 날아갈 수 있게 되었다. 바람이 자길 기다리는 동안 그는 이따금씩 꽃송이 속으로 기어들어가 꿀을 먹곤 했으며, 그럴 때마다 다시금 이 크나큰 행운에 놀라워했다. 버즈가 사티암의 가르침으로 가사를 만들어 노래를 부를 때 신이 버즈를 통해 미소짓고 있었다.

태양이 하늘의 서쪽으로 점점 낮게 기울고 있었으나 바람은 여전히 으르렁거렸다. 그러나 태양이 지평선에 걸쳐 있다가 서서히 시야에서 사라지기 시작하는데도 바람은 조금도 누그러지려는 기세가 보이지 않았다.

버즈는 걱정이 되기 시작했다. 이제 한 시간 정도만 지나면 완전히 날이 어두워지리라는 것을 알 수 있었다. 그때가 되면 산을 넘는 데에 필요한 온기도 사라질 것이었다. 바람은 오히려 전보다 더 거세어지고 있었다. 첫번째 별이 밤하늘에 나타나자 버즈는 다시 절망에 빠졌다.

이 얼음같이 차가운 바람에 자신을 노출시킨 채 여기서 완전히 하룻밤을 보내야 했다. 이 상태를 견뎌낼 수 있을지 버즈는 자신이 없었다. 시간이 지나 밤공기가 차가워질수록 점점 더 추워졌다. 버즈는 틈바구니 안쪽으로 가능한 한 더 깊숙이 파고들었다. 비록 바위가 견딜 수 없을만치 차갑긴 해도 바람보다는 나았다.

하지만 오래지 않아 걷잡을 수 없이 몸이 떨리기 시작했다. 다시 틈바구니에서 기어나와 날개를 퍼덕이면서 그 자리서 뜀뛰기를 했지만 아무런 도움이 되지 않았다.

버즈는 아래쪽에 있는 자신의 공동체를 생각했다. 모두가 벌집 속에서 따뜻하게 보호받고 있을 것이었다. 어쨌든 그곳은 그렇게 나쁜 곳만은 아니었다. 그런데 왜 나는 이곳까지 올라왔는가? 그는 자신이 그 벌집 안을 대단히 좋아하고 있음을 새삼스럽게 느꼈다. 지금까지 그곳을 당연한 곳으로 받아들였던 것이 후회가 되었다. 내일 아침 바람이 자면 그곳으로 되돌아가서 완전히 새로운 삶을 살리라고 그는 결심했다. 그때 밤의 한 줄기 돌풍이 날카로운 소리를 내면서 버즈의 귓전을 스쳐갔다.

새벽이 밝아왔을 때 버즈는 극심한 추위 때문에 다시금 의식이 가물거렸다. 그가 알 수 있는 것은 의식을 잃어서는 안된다는 것 뿐이었다. 한번 의식을 잃어 움직이지 못하면 다시는 깨어날 수 없다는 사실을 그는 알고 있었다. 그래서 억지로라도 기운을 내어 틈바구니 바깥쪽의 조금 넓은 곳에서 뜀뛰기를 하면서 원을 그렸다. 발은 얼어붙었으며, 온몸이 심하게 떨렸고, 날개에까지 통증이 느껴졌다. 그래도 있는 힘을 다하여 계속해서 몸을 움직였다. 그것은 정말 고통 그 자체였다.

버즈는 인생에서 가장 길고 가장 고통스런 밤을 바위 틈바구니에 끼어서 보냈다. 끝없이 자신의 육체를 따뜻하게 하고, 죽지 않고 살아 있으려고 노력하면서……

10 마침내 영원처럼 느껴지던 순간들이 지나가고 버즈는 동쪽 하늘이 희미하게 밝아오는 것을 느꼈다. 그리고 멀리서 외로운 새가 아침의 고요한 침묵 속에서 울기 시작했다. 새들이 울다니? 불과 한 시간 전만 해도 그는 새들이 아무리 가까운 곳에서 운다고 해도 그 소리를 듣지 못했을 것이다. 새소리를 들을 수 있다는 것은 바람이 멈추었다는 것을 뜻했다. 그는 드디어 바람이 멎었다는 것을 깨달았다. 주위 세상이 완벽에 가까울 정도로 고요했다.

새벽이 영원히 지속되는 것 같았다. 버즈는 참을성 없이 몸을 떨면서 어서 빨리 날이 밝아오기를 기다렸다. 그의 유일한 희망은 얼어죽지 않고 살아남는 것이었다.

마침내 태양이 산봉우리 꼭대기를 비추더니 서서히 산 밑으로 내려오기 시작했다. 버즈는 바위틈새의 맨 꼭대기로 올라가서 추위에 몸을 떨면서 기다렸다. 첫번째 아침 햇살이 그의 몸에 와닿는 순간 환희의 물결이 버즈의 몸 전체를 훑고 지나갔다. 햇살이 이렇게 좋은 것인지를 전에는 몰랐었다. 그것 역시 그가 지금까지 당연한 것으로 받아들였던 것 중의 하나였다.

그의 얼어붙은 작은 육체가 서서히 녹기 시작하면서 버즈는 비로소 정신을 되찾을 수가 있었다. 버즈는 그 아름다운 햇살을 가능한 한 많이 받기 위해서 날개를 펴고서 틈새 주변을 거닐었다.

마지막 남은 꿀을 모두 마시자 이제 준비가 되었다. 버즈는 날아올랐다. 아침의 고요한 대기 속에서 날아올라 잠시 머뭇거릴 틈도 없이 단숨에 산꼭대기를 넘어 반대편 세계로 날아갔다. 자연의 흐름과 조화를 이루어 행동할 때는 삶이라는 것이 얼마나 쉬운가! 그리고 그 흐름과 반대되는 삶을 살 때는 얼마나 고통스러운가를 버즈는 생각했다.

반대편 계곡을 내려오는 데에 영원의 세월이 흐른 것 같았다. 착륙하기 전에 버즈는 계곡 전체를 내려다보면서 잠시 공중을 배회하였다. 이 얼마나 큰 성취감인가! 버즈는 대단한 자부심을 느꼈다. 벌들 중에 방금 자신이 한 것과 같은 일을 한 벌은 얼마 되지 않을 것이다.

아래쪽에 있는 대지는 대단히 아름답고 매혹적이었다. 마음을 끄는 무엇인가가 그곳에 있었다. 계곡 아래에 도착하자마자 버즈는 에너지를 재충전하기 위해서 클로버 꽃 속으로 뛰어들었다. 산 이쪽의 세계가 사막이나 얼음으로 뒤덮인 곳이라고 믿고 있을 다른 벌들을 생각하자 웃음이 나왔다.

이곳은 모든 것이 다르다고 말할 수 있었다. 들판은 거대했다. 중간에서 나무와 숲덤불에 가로막히긴 했지만 들판 전체는 무한한 것 같았다. 사방을 둘러보아도 아침 작업을 하러 나온 벌들이 수없이 많았다. 벌들의 윙윙거리는 날개짓소리로 마치 대기 전체가 전기를 띤 것 같았다. 버즈는 이미 여기저기 나뭇가지에 매달린 벌집을 세 개나 확인할 수 있었다.

맨 먼저 하고 싶은 일은 들판의 이곳저곳을 탐색하는 일이었다. 하지만 날개를 펴고 날아오르려는 순간 버즈는 자신이 현재 얼마나 약하고 지쳤는가를 깨달았다. 어제의 고생 때문에 몸은 극도로 쇠약해져 있었다. 버즈는 크게 하품을 하고는 그늘진 장소를 찾아 당장에 깊은 잠에 빠졌다.

버즈가 눈을 떴을 때는 이른 오후였다. 그는 아직도 잠기운이 있는 눈으로 여기저기 관찰하면서 잠시 동안 그곳에 앉아 있었다. 이곳의 벌들은 버즈의 공동체에 속한 벌들보다 비교적 몸집이 작고 행동이 여유있어 보였다. 그래서 버즈는 더욱 마음이 끌렸다. 버즈가 누워 있는 곳은 다른 벌들의 시선에 잘 뜨이는 곳이긴 했지만 몇 마리의 벌들이 가까이 날아와서 그를 자세히 들여다본 것 외에는 아무도 그에게 특별한 주의를 기울이는 것 같지 않았다.

"이곳은 확실히 나의 집단과는 다르군!"

버즈는 생각했다.

마침내 그곳을 탐색하고자 하는 충동을 더 이상 억누를 수 없어서 버즈는 하늘로 날아올랐다. 이곳에서의 삶은 저쪽편의 삶과 별다를 것이 없어 보였다. 꽃들, 나무들, 새들, 사슴들…… . 하지만 동시에 다른 것이 느껴졌다. 어쨌든 더 평화롭고 편안해 보였다. 버즈는 그것이 무엇 때문인지 정확히 알 수는 없었다.

어느 벌집 근처를 날아가다가 버즈는 그 크기에 놀랐다. 자신이 살던 집에 비해 적어도 두 배는 되어 보였다. 저렇게 여유있는 태도로 어떻게 이렇게 거대한 부락을 이 벌들은 만들 수 있었을까?

그는 이제 무엇을 할 것인가를 결정하기 위하여 작은 바위 위에 내려앉았다. 한 가지는 확실했다. 날이 저물기 전에 밤을 지샐 집을 발견해야만 했다. 또다시 추위 속에서 밤을 지새고 싶지는 않았다. 하지만 좋은 생각이 떠오르지 않았다. 어쨌든 이곳은 그에게는 낯선 세계였다. 그에게는 아는 벌이 아무도 없었으며, 이제 어떻게 해야 할지 아무런 생각도 떠오르지 않았다.

"왜 나는 이곳까지 넘어왔을까?"

그는 자기 자신에게 물었다.

"너는 무엇을 기대했는가?"

이 너머의 세계에서 무엇을 찾을 것인가에 대해서는 전혀 생각해 본 적이 없다는 사실을 버즈는 깨달았다. 단지 미칠 것 같은 충동 때문에 이곳까지 날아왔을 뿐이다.

버즈는 사티암이 한 말이 진리임을 다시금 깨달으면서 오후 내내 그 바위 위에 앉아 있었다. 이 세계가 그에게는 무척 낯설게 느껴졌다. 아무 벌집에나 접근해서 하룻밤 재워달라고 하기가 무척 겁이 났다. 왜냐하면 거절당할 것 같은 두려움이

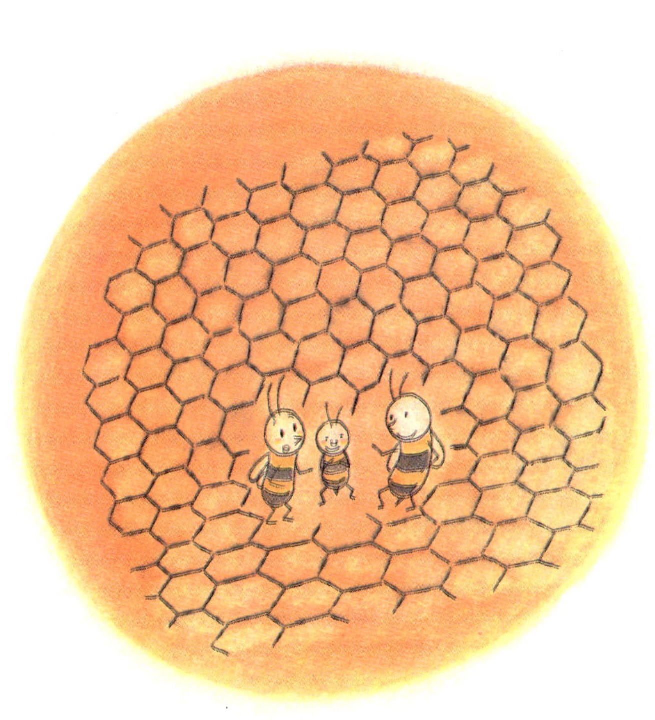

앞서기 때문이었다. 이제 그는 어떻게 하면 좋다는 말인가?

바로 그때 어떤 벌이 그의 곁에 내려앉아 웃으면서 절을 했다. 버즈도 얼떨결에 인사를 했다. 그 벌은 아주 호기심 있게 버즈를 바라보면서 아무런 말이 없었다. 그것이 버즈를 약간 불편하게 만들었다. 버즈는 마침내 침묵을 깨고 말했다.

"안녕, 나는 버즈야!"

그 벌은 미소를 지으면서 약간 특이한 억양으로 대답했다.

"알고 있어. 비이 다스께서 너를 기다리고 계셔."

버즈는 깜짝 놀라서 이렇게 물었다.

"비이 다스가? 비이 다스가 누구지? 그리고 그가 어떻게 내가 온 것을 알았지?"

"비이 다스는 모든 것을 알고 있어. 어서 와."

그렇게 말하면서 그 벌은 날아올랐다. 자신이 왜 이곳까지 날아왔는가 그 이유를 알게 될지도 모른다고 생각하면서 버즈는 그 벌의 뒤를 바짝 따라서 날아갔다.

그들은 얼마 떨어지지 않은 한 벌집으로 날아갔다. 벌집 내부는 버즈가 여태껏 보지 못한 대단히 복잡한 내부 구조를 하고 있었다. 그런가 하면 달콤한 꿀향기가 버즈를 압도했다. 버즈는 앞서가는 벌의 뒤를 따라 몇 개의 통로를 지난 다음 대단히 넓은 방으로 들어갔다. 그곳에 몇 마리의 벌들에 둘러싸여 비이 다스가 앉아 있었다.

비이 다스 앞으로 다가서는 순간 버즈는 어떤 따뜻하고 평

화로운 에너지가 그에게로 밀려오는 것을 느꼈다. 모든 것이
이대로 다 완전하다는 느낌에 압도당했으며, 자신이 지금 매
우 특별한 존재 앞에 서 있다는 것을 어느 정도는 직관적으
로 알 수 있었다. 비이 다스는 다른 벌들보다 약간 몸집이 컸
으며, 그래서 어느 정도 버즈의 크기와 비슷했다. 버즈를 특
별히 감동시킨 것은 비이 다스의 사랑이 넘치는 태도였다.
비이 다스는 버즈를 보고 따뜻하게 미소를 지으면서 물었다.

"이곳에 온 것을 환영한다. 그대도 알다시피 벌들은 숲속
에서 밤을 지새워서는 안 된다. 그래, 그대는 어떤 질문을 갖
고 있는가?"

순간 버즈는 완전히 긴장이 풀렸다. 그의 머리 속에는 온갖
질문이 가득했지만 어느 것부터 시작해야 할지 알 수가 없었
다. 마침내 버즈는 물었다.

"내가 온 것을 당신은 어떻게 알았지요?"

비이 다스는 다시금 미소를 지으면서 간단히 말했다.

"잠시 동안 이곳에 머물라."

그리고는 자리에서 일어나 방의 입구를 향해 걸어갔다. 비
이 다스가 옆을 지나는 순간 버즈는 그에게서 어떤 신비한
향기를 맡았다. 순간 정신이 아찔했다. 도대체 앞으로 이곳
에서 어떤 경험을 하게 될 것인가?

버즈가 정신을 차렸을 때 비이 다스는 이미 통로 속으로 사
라진 뒤였다. 버즈는 서둘러 그의 뒤를 따라갔다.

11 버즈가 벌집 입구를 발견했을 때 비이 다스는 몇몇 벌들을 거느리고서 막 벌집 밖으로 나가려는 찰라였다. 버즈도 함께 날아올라 그의 뒤를 따랐다. 이미 많은 벌들이 비이 다스의 뒤를 따랐으며, 다른 일벌들은 들판에 있다가 그가 날아가는 것을 보고는 합장을 하면서 절을 하였다. 버즈는 이 집단에서는 이러한 일이 정기적으로 일어난다는 느낌을 가질 수 있었다.

들판을 한가하게 한 바퀴 돈 다음 비이 다스는 착륙하였다. 불과 몇 분 만에 수백 마리의 벌들이 그를 에워쌌다. 버즈는 무슨 일이 일어나는가를 보기 위해서 군중 속을 뚫고 한가운데로 들어갔다. 비이 다스가 그곳에 서 있었으며, 모든 시선

이 그에게로 집중되고 있었다. 어떤 벌들은 그의 도움과 축복을 청하면서 그의 발에 절을 하고 있었다. 비이 다스는 그들의 머리에 손을 얹으면서 짧은 축복의 말을 들려주었다. 그가 그렇게 할 때마다 어떤 벌은 큰 위안을 얻는 듯했고, 어떤 벌은 여전히 고통에 잠겨 있는 듯했다. 마치 모든 벌들이 비이 다스에게 뭔가를 원하고 있는 것 같았고, 비이 다스는 참을성 있게 그들 하나하나를 축복해 주었다.

그때 갑자기 군중들 뒤쪽이 소란해졌다. 몇 마리의 벌들이 들것을 들고 비이 다스에게로 나오는데, 들것에는 날개가 부러진, 거의 죽을 지경이 다 된 늙은 일벌이 누워 있었다. 그 늙은 벌은 애원에 찬 시선으로 비이 다스의 도움을 요청하고 있었다.

"내 날개가 쓸모 없게 되었어요. 나는 더 이상 날 수가 없어요."

비이 다스는 자비심으로 가득 차서 늙은 벌을 바라보았다. 늙은 벌의 얼굴에는 비이 다스에 대한 믿음이 가득했다.

비이 다스는 조용하게 물었다.

"그대는 다시 날고 싶은가?"

"예, 그렇습니다!"

"그렇다면 날아라."

순간 버즈는 또다시 비이 다스에게서 신비의 향기를 맡았다. 늙은 벌은 놀란 표정으로 일어나서 자신의 부서진 날개를 시험해 보았다. 그리고는 확신에 차서 비이 다스를 바라보고는 군중들의 머리 위로 날아올랐다. 군중들은 숨을 멈추었다가 일제히 탄성을 질렀다. 버즈는 군중들이 "메시아다! 구세주다!"라고 외치는 소리를 들을 수 있었다. 늙은 벌은 군중들을 굽어보면서 한 바퀴 돈 다음 바닥에 착륙하여 비이 다스의 발 아래 엎드렸다. 그리고는 감격에 겨워 흐느끼면서 연거푸 말했다.

"감사합니다! 감사합니다! 어떻게 하면 이 은혜를 갚을 수 있을 까요?"

비이 다스는 간단하게 대답했다.

"그대의 삶을 통하여 신을 표현하라."

이 말과 함께 비이 다스는 벌집으로 방향을 돌렸다. 떠나면서 그는 평온한 미소를 군중들에게 던졌다.

모든 벌들이 흥분하여 서로 떠들기 시작했다. 그러는 동안 버즈는 말문을 닫고 벙어리가 되어 있었다. 그는 도대체 이런 일을 어떻게 해석해야 할지 알 수가 없었다. 많은 일들이 너무나 빠르게 전개되고 있었다. 머리 속을 정리하기 위하여 버즈는 혼자서 숲속으로 날아갔다.

버즈는 나무 둥치에 앉아서 깊은 생각에 잠겼다. 한 편으로는 모든 것이 전보다 훨씬 혼란스러웠다. 도대체 비이 다스는 어떤 인물이며, 정체가 무엇일까? 무엇이 그를 그토록 사랑과 평화로 가득 차게 만들었을까? 어떻게 해서 그는 버즈가 왔다는 것을 알았을까? 어디서 그 신비의 향기가 오는 것일까? 또 어떻게 그는 그 늙은 벌을 치료할 수 있었을까? 어떻게?

하지만 다른 한 편에서는 모든 것이 하나도 이상할 것이 없었다. 버즈는 언제나 삶에는 단순히 꿀을 모으는 것 이상의 것이 있다고 느껴왔다. 그런데 이제 그것이 증명된 것이다. 어쨌든 버즈가 확실히 말할 수 있는 것이 한 가지 있었다. 그것은 이곳에서 어떤 일이 일어나든지 간에 그가 더 많은 것을 경험하길 원한다는 것이었다.

그리고 그는 그것에 대해 어떤 지식을 갖고 있지는 않았지만 비이 다스에게서 작용하고 있는 크나큰 힘을 느꼈다. 그 힘은 머리로 이해할 수 있는 것이 아님을 버즈는 직관적으로 느꼈다. 그것은 그의 이해능력을 넘어선 것이었다. 그가 아무리 이해하려고 노력한다고 해도 그의 머리는 더 복잡해질 뿐이었다. 분명히 느낄 수 있는 것은 비이 다스의 사랑이었다.

사랑…….

비이 다스는 순수한 사랑 그 자체였다. 분명 사랑이야말로 그의 힘의 원천이었다. 그 의미를 정확히 알 수는 없었지만 어쨌든 그는 그렇게 느꼈다. 아마도 사랑에 열쇠가 있을 것이다…….

두 말할 필요도 없이 버즈는 비이 다스의 초대를 받아들여 그들의 공동체에서 머물기로 했다. 이튿날 아침 버즈는 다른 벌들과 함께 들판으로 날아가 꿀과 꽃가루를 모으는 작업을 했다. 이곳에서 함께 생활하려면 마땅히 자신의 몫을 해야만 했다. 버즈는 지금까지 일어난 모든 일들에 대해 생각하기보다는 비이 다스의 존재에 대해 더 많은 것을 느끼려고 노력했다.

얼마 지나지 않아서 버즈는 다른 벌과 대화를 나누다가 충격을 받았다. 이 공동체의 다른 벌들과 마찬가지로 이 벌 역시 전혀 잘난 체 하지 않고 친절했다.

버즈가 첫번째로 이것을 질문했다.

"비이 다스는 누구인가?"

그 벌이 대답했다.

"비이 다스는 신의 화신이다."

버즈의 마음은 당장에 충격을 받았다.

"너는 우주를 창조한 그 신을 말하는 것이냐?"

"그렇다."

"하지만 신은 어떤 한 개인이 아니다. 모든 것이 바로 신이다. 그렇게 생각하지 않는가?"

그 벌이 대답했다.

"신은 또한 사랑이기도 하지. 그리고 비이 다스도 사랑이야. 그가 병을 치료해 주는 것을 보라구. 또 너는 비이 다스에게서 신비한 향기를 맡지 못했는가? 비이 다스는 신이 틀림없어."

이것에 대해 논쟁을 계속할 수는 없었다. 하지만 뭔가 잘못되었다는 것을 느꼈다. 비록 비이 다스가 신비한 능력을 가지고 있다고 하더라도 신을 한 마리의 벌로 생각하기는 어려웠다. 그리고 버즈는 그토록 대단한 믿음을 가진, 비이 다스를 그토록 단순하게 숭배하는 그 벌의 믿음에 질투심을 느꼈다. 어쩌면 버즈에게 부족한 것은 그러한 단순한 믿음인지도 모를 일이었다.

바로 그때 버즈는 한 생각이 떠올랐다. 만일 비이 다스가 다른 벌들에게 신비의 향기를 보낼 수 있다면 왜 버즈 자신은 그렇게 하지 못하는가? 그는 한 번도 그것을 시도한 적이 없었다. 어쩌면 가능한 일인지도 모르는 일이었다. 그래서 버즈는 상대방 벌을 바라보면서 자신의 입에서 신비한 향기가 나도록 온갖 집중력을 다 동원하였다.

함께 대화를 나누던 벌은 버즈의 얼굴에 나타난 긴장을 보고는 무척 당황하였다. 하지만 그것이 이 낯선 벌의 어떤 이상한 습관이라고만 생각하였다. 마침내 그 벌은 호기심이 더욱 커져서 버즈에게 괜찮으냐고 물었다.

"아, 괜찮아. 아무것도 아니야."

버즈는 기가 죽어서 대답했다. 자신이 아직 갈 길이 멀다는 것을 버즈는 깨달았다.

바로 그때 두 벌은 비이 다스가 이끄는 한 떼의 벌들이 다가오는 것을 느꼈다. 놀랍게도 비이 다스는 버즈가 있는 쪽으로 내려오더니 그의 곁에 앉는 것이었다. 당장에 수많은 벌들이 비이 다스를 에워쌌다. 버즈는 또다시 비이 다스의 존재에 경외감과 놀라움을 느꼈다.

비이 다스는 환하게 빛나고 있었다.

"모든 것이 편한가?"

비이 다스가 버즈에게 물었다. 버즈는 모든 벌들이 자신을 주목하고 있다는 것을 의식하긴 했지만 비이 다스에게 고맙다고 대답했다. 문득 버즈는 자신이 비이 다스 앞에 꿇어 엎드리지 않은 유일한 벌이라는 것을 깨닫고 얼른 무릎을 꿇었다. 그러자 비이 다스가 물었다.

"그대는 왜 그렇게 하는가?"

버즈는 땅에 이마를 댄 채로 대답했다.

"모든 벌들이 그렇게 하기 때문입니다."

비이 다스는 미소를 지으면서 다시 물었다.

"어떻게 하면 내가 그대를 도울 수 있겠는가?"

다른 벌들은 시기심어린 눈초리로 버즈를 쳐다보았다. 그는 이 좋은 기회를 놓치고 싶지 않았다. 그래서 비이 다스에게 마음 속에 담아두고 있던 것을 질문했다.

"당신은 정말로 신입니까?"

비이 다스가 대답했다.

"그렇다. 그리고 그것은 그대 역시 마찬가지다. 우리 둘 사이의 유일한 차이점은, 나는 그 사실을 알고 있지만 그대는 그 사실을 모른다는 것이다."

"내가 만일 나의 신성을 깨닫기만 하면 나도 당신과 같은 존재가 된다는 뜻인가요?"

"아니다. 그것을 깨닫기만 하면 그대는 나와 같은 존재가 아니라 바로 그대 자신이 될 것이다."

버즈는 옛날의 스승 사티암의 말을 들을 때에 느꼈던 것과 똑같은 혼란을 느끼기 시작했다. 비이 다스는 다른 모든 벌들이 들을 수 있도록 큰 소리로 말했다.

"신은 바다와 같으며 우리 모두는 그 바다의 물방울들과 같다. 개인적으로 우리는 모두 바다와 똑같은 성분을 지니고 있다. 우리 모두는 신의 한 부분들이다. 그리고 우리 모두가 모여서 신을 이루고 있는 것이다."

버즈는 그래도 아직 만족할 수 없었다.

"당신은 메시아인가요?"

그러자 비이 다스는 이런 반문으로 대답을 대신하였다.

"메시아란 무엇인가?"

버즈는 잠시 동안 생각하고는 이렇게 대답했다.

"메시아란 신께서 우리를 구원하기 위하여 이 세상에 내려보낸 존재가 아닐까요?"

"무엇으로부터 구원한다는 말이지?"

버즈는 실망할 수밖에 없었다. 그가 원하는 것은 질문이 아니라 대답이었던 것이다.

"우리를 모든 고통과 불행으로부터 구원하기 위해서죠."

그러자 비이 다스가 말했다.

"오직 그대만이 그대 자신을 구원할 수 있다. 그대가 바로 신이기 때문이다. 다른 누구도 그대를 그대의 고통과 불행으로부터 구원할 수 없다. 나는 메시아가 아니라 스스로 자신의 고통과 불행에서 벗어난 하나의 본보기가 될 수 있을 따름이다. 세상에 메시아나 구세주 같은 것은 없다. 오직 스승과 제자만이 있을 뿐이다."

12 버즈는 이쪽 세계의 일과에 익숙해지는 것이 별로 어렵지 않았다. 비이 다스를 날마다 볼 수 있는 것만으로도 그런 일을 할 만한 충분한 가치가 있었다. 비록 그가 머리 위를 날아갈 때 흘낏 쳐다볼 수 있는 것이 전부라 할지라도……. 비이 다스는 모든 벌들에게 희망과 행복의 원천이었다. 시선 하나, 몇 마디의 말, 신비의 향기…… 그런 것만으로도 한 마리의 벌을 환희의 절정에 몰아넣을 수가 있었다. 비이 다스가 거의 모든 대화의 주제였으며, 그에 대하여 버즈는 많은 이야기를 들을 수 있었다.

날이 지남에 따라 버즈는 자신이 이전에 결코 경험하지 못했던 어떤 존재상태로 들어가는 것을 느꼈다. 과거에 자신의 주요 관심사였던 것들이 이제는 시들해졌다. 그 대신 마음이 서서히 내면으로 침잠하고 있었다. 이토록 편한 상태를 그는 이전에 느껴본 적이 없었다.

무엇보다도 버즈는 자신의 의지대로 삶을 통제할 필요성을 느끼지 않게 되었다. 모든 것이 스스로 완전하게 진행되어 나가는 것 같았다. 그는 대부분의 시간을 비이 다스에 대하여 생각하면서 보냈다. 비이 다스의 존재에 대해 놀라워하였고, 그의 사랑을 깊이 느끼면서⋯⋯. 비이 다스의 주변에 있으면 아무것도 걱정할 것이 없었다.

외면적으로 보면 이쪽 세계의 생활은 저쪽 세계의 생활과 별로 다를 것이 없었다. 버즈는 대부분의 시간을 꿀과 꽃가루를 따모으고 그밖의 일을 하면서 보냈다. 다만 지금은 하루 종일 일을 해야만 하는 것에 대하여 화를 내기보다는 그의 생각이 주로 신과 비이 다스에게 집중되어 있었다. 그는 삶이 이토록 즐겁고 평화로울 수 있는 것이 놀라웠다. 사티암이 옳았다. 문제는 그가 하는 일이 아니라, 일에 대한 그의 태도였다.

버즈는 이곳에서 많은 친구들을 알게 되었다. 그들이 주는 사랑을 받아들이고, 또 그들에게 사랑을 보냈다. 그는 더 이상 외롭지 않았다. 비록 그의 친구들은 버즈가 살던 세계에 대해서 별다른 관심을 보이지 않았지만 그것은 중요한 것이 아니었다. 시간이 지남에 따라 버즈는 그들 세계의 한 사람이 된 것처럼 느꼈다. 초여름에 있었던 그 엄청난 시련과 강렬한 체험에 비하면 참으로 평화로운 나날이었다.

버즈는 또한 자신의 시간 개념이 변하고 있음을 느꼈다. 그는 자신이 하루에 몇 차례씩 들판과 집을 오가는지 거의 생각하지 않았으며, 이 정도면 일을 할 만큼 했다는 생각조차 하지 않았다. 순간순간 현재 자신에게 주어진 일을 할 뿐이었다. 매일매일이 그렇게 순조롭게 진행되어갔다. 버즈는 이제 과거의 일 때문에 괴로워하지도, 미래의 일 때문에 고민하지도 않았다.

어느 날 아침 차가운 공기를 온몸에 느끼고서 버즈는 깜짝 놀랐다. 벌써 가을의 문턱에 들어서 있었다. 믿을 수가 없었다. 여름이 벌써 가버렸단 말인가?

버즈는 마침내 자신이 찾아헤매던 것을 발견했다. 이제 남은 인생을 이곳에서 보낼 수도 있을 것이라고 버즈는 생각했다. 모든 것이 완전하게만 느껴졌다.

글쎄……. 모든 것이 완전한 것만은 아니었다. 실제로 그를 괴롭히는 것이 한 가지 있었다. 그것은 별로 중요한 것은 아니었지만 아무리 애를 써도 그것에 대한 생각을 머리 속에서 지워버릴 수가 없었다. 매번 예기치 않았던 순간에 그것에 대한 생각이 어디선가 불쑥 나타나는 것이었다.

다름 아니라 그것은, 모든 벌들이 곧 신이라고 비이 다스가 끊임없이 말하는 것이었다. 비이 다스는 가능한 한 다양한 방식으로 벌들에게 그 사실을 깨닫게 하려고 노력했다. 하지만 그 말을 실제로 진지하게 듣는 벌은 얼마 되지 않는 것 같았다. 벌들이 이야기하는 것을 들어봐도 그들이 그들 자신을 신으로 생각하고 있는 것 같지도 않았고, 또 그렇게 되기를 원하는 것 같지도 않았다. 그들은 비이 다스를 신처럼 숭배하는 것에 만족하고 있었으며, 그들 자신의 신성함을 깨닫는 데에는 별로 주의를 기울이는 것 같지 않았다.

만일 비이 다스가 진심을 가지고 그러한 이야기를 하고 있다면 그는 마땅히 더 충격적인 방법으로 벌들의 어리석음을 일깨워야만 했다. 하지만 그가 주는 것이라곤 미소와 사랑뿐이었으며, 그래서 벌들은 더욱 그에게 의존하는 것 같았다. 이 얼마나 모순되는 일인가? 왜 그는 그렇게 모순된 행동을 하는 것일까? 그는 다른 벌들의 주목을 받고 찬양을 받는 것을 은근히 즐기고 있는 것이 아닐까?

이러한 생각이 들 때마다 버즈는 죄책감이 들었다. 그 자신이 누구이길래 감히 비이 다스를 평가한단 말인가? 비이 다스는 버즈 자신보다 훨씬 영적으로 진화된 존재임이 틀림없다. 분명 그는 자신의 행동을 알고 있을 것이다. 그리고 그가 집단을 위해 자신의 삶을 희생하고 있다는 것은 의심할 수 없는 사실이었다.

그래도 여전히 뭔가 옳지 않게 느껴졌다. 버즈의 진리는 또 다시 그를 고통스럽게 만들고 있었다.

어느 날 아침 버즈는 눈에 익은 벌들이 멀리서 날고 있는 것을 보았다. 비이 다스와 그의 수행원들이었다. 버즈는 그들과 합류하기 위하여 그곳으로 날아갔다. 그가 다가갔을 때 비이 다스는 이미 몇 백 마리의 벌들에게 둘러싸여 조용히 대화를 나누고 있었다. 버즈는 언제나 몇 가지 의문나는 것들을 갖고 있었으며, 종종 행운스럽게도 비이 다스의 시선을 끌 수가 있었다. 비이 다스는 다른 벌과의 대화를 끝내고 나서 군중들의 얼굴을 하나하나 훑어보았다. 버즈는 잔뜩 기대감에 부푼 얼굴로 비이 다스를 쳐다보았다. 그것이 비이 다스의 시선을 끌었다. 그는 미소를 지으면서 버즈에게 물었다.

"이번에는 무슨 질문인가, 버즈?"

비이 다스는 버즈가 언제나 어떤 질문을 갖고 있음을 알고 있었다.

"비이 다스님, 당신은 왜 어떤 벌은 치료해 주면서 어떤 벌은 그렇게 하지 않는 겁니까?"

비이 다스는 버즈 한 사람에게라기보다는 그곳에 모인 전체 군중에게 연설했다.

"나는 아무도 치료해 준 적이 없다. 그들은 나의 존재를 통해서 자신들 속의 신성한 부분을 자각했기 때문에 치료가 되었던 것이다. 나는 누구를 치료해 주기 위해서, 또는 그대들의 문제를 해결해 주기 위해서 이곳에 있는 것이 아니다. 나는 그대들 스스로 자신의 문제를 해결하는 방법을 보여주기 위해서 이곳에 있는 것이다. 마음을 열고 내 말을 들으라. 그대 자신을 제외하고는 아무도 그대를 구원할 수 없다."

또다시 같은 내용의 반복이었다. 버즈는 더 이상 참을 수가 없었다.

"그렇다면 우리 모두는 왜 당신을 추종하고 있는 것입니까?"

모든 벌들이 일제히 숨을 멈추고서 지켜보았다. 버즈의 이 질문이 너무 당돌한 것이라고 그들은 느꼈다. 그러나 비이 다스는 버즈의 진실성을 알고 있었다. 그래서 미소를 지으면서 이렇게 대답했다.

"그대는 왜 그대 자신에게 묻지 않고 나에게 묻고 있는가?"

"나는……."

버즈는 할 말을 잊었다. 왜 그는 지금 비이 다스에게 묻고 있는가? 버즈 자신보다 누가 더 그 의문에 대한 해답을 잘 알고 있는가?

13 그날부터 모든 일들이 전과 같지 않았다. 아무리 노력을 해도 버즈는 지금까지 가졌던 것과 같은 그 행복하고 평화로운 느낌을 다시 가질 수가 없었다. 그리고 비이 다스는 조금도 그를 도와주지 않고 있었다.

사실 비이 다스는 문제를 더 악화시킬 뿐이었다. 그는 의도적으로 버즈를 무시하는 것 같았다. 군중들 속의 버즈의 얼굴을 그냥 지나칠 따름이었다. 게다가 버즈는 더 이상 비이 다스에게서 신비한 향기를 맡을 수가 없었다. 비이 다스는 왜 그렇게 행동하는 것일까? 무슨 일로 버즈에게 화가 난 것일까? 그가 비록 대담한 질문을 던지긴 했지만 그것 때문에 비이 다스가 감정이 상한 것 같지는 않았다. 뭔가 다른 이유가 있으리라고 생각했으나, 그것이 무엇인지 짐작할 수 없었다.

버즈는 비이 다스가 자신을 무시하는 이유에 대해서 많이 생각해 보았다. 지금까지의 모든 만남을 돌이켜보면서 어디서 잘못되었는지 알려고 노력했다. 비이 다스는 언제나 그에게 열린 마음을 갖고 있었다. 그런데 왜 지금은 그토록 그를 무시하는 것일까? 그 이유를 안다면 얼마든지 개선할 수 있다. 그런데 아무런 설명도 없이 비이 다스는 버즈를 거들떠보지 않고 있었다. 날이 지날수록 버즈는 자신이 더욱 깊은 절망에 빠지는 것을 느꼈다.

그러한 절망감을 떨쳐버리려고 노력하긴 했지만 마침내 버즈는 비이 다스에게 분노를 느꼈다. 도대체 그에게 어떤 권리가 있길래 자신을 이처럼 무시한단 말인가? 지금까지 그에게 버즈가 얼마나 많은 애정을 쏟았던가? 다른 벌들은 지적 수준이 훨씬 낮고 영적으로 진화가 덜 되었기 때문에 버즈는 쉽게 비이 다스의 주의를 끌 수 있었다. 그런데도 비이 다스는 완전히 버즈를 무시하고 있었다. 비이 다스의 이러한 변덕이야말로 그가 진실로 어떤 정체의 인물인가를 잘 말해 주고 있었다. 아무래도 그를 완전하고 완벽한 존재로 여긴 버즈의 판단이 잘못된 것 같았다.

그리고 설령 비이 다스가 투시력과 치료의 힘을 가지고 있다고 해서 그것이 어쨌단 말인가? 그것들의 의미가 정확히 무엇인가? 그렇다고 해서 버즈가 자신의 인생을 그에게 바쳐야 한다는 말인가? 비이 다스는 단지 조금 진화된 존재이긴 하지만 어디까지나 벌에 불과하다. 버즈는 내면에서 옛날의 그 갈등스런 마음이 점점 커져가는 것을 느꼈다.

"다시는 이래서는 안 되는데……." 하고 버즈는 속으로 슬퍼하였다.

비이 다스와 함께 있었던 것은 훌륭한 경험이었다. 하지만 버즈는 자신이 여기서 영원히 머물 필요가 없다는 것을 깨닫기 시작했다. 아마도 지금이 떠나야 할 시간인지도 모를 일이었다. 그렇다면 이제 무엇을 한단 말인가? 어디로 갈 것인가? 그는 이곳에서 무척 편안하게 지냈다. 그러니 어떻게 이곳을 떠난단 말인가?

그날 밤 버즈는 한 꿈을 꾸었다. 그는 자신의 옛 공동체에 돌아가 있었다. 사방은 온통 흰색이었는데 모든 벌들이 땅바닥에 떨어진 어떤 둥근 물체 주위를 광란적으로 회전하고 있었다. 버즈는 그들을 도와줄 필요성을 느꼈으나 아무리 그가 노력해도 아무도 그를 바라보지 않았다. 그는 그들에게 보이지 않는 존재였다. 그들은 또한 그의 목소리조차 들을 수 없었다. 그는 자신의 존재가 보이고 들리게 하기 위해서 최선을 다했지만 아무 소용이 없었다. 절망에 빠져서 뒤척이면서 그는 하룻밤을 보냈다. 마침내 새벽이 되었을 때 버즈는 지금이 고향으로 돌아갈 시간이라는 것을 알았다.

벌집 입구를 향해서 나아가다가 버즈는 비이 다스가 있는

방 앞을 지나게 되었다. 그래서 안을 들여다보았다. 비이 다스는 그 어느 때보다 아름답고 평화롭게 잠들어 있었다. 버즈는 너무나 큰 슬픔을 느꼈기 때문에 그에게 작별의 인사를 할 수 있을 것 같지 않았다. 그래서 아무 말 없이 떠나기 위해 몸을 돌리는 순간 버즈는 그 익숙한 신비의 향기를 맡았다. 순간 그는 모든 것을 이해했다. 비이 다스는 그에게 화가 난 것이 아니었다. 비이 다스는 버즈의 어리석은 생각을 일깨우고, 버즈가 버즈 자신으로 돌아갈 수 있도록 하기 위해서 노력했던 것이다. 비이 다스는 정말로 특별한 존재였다!

다시 산길을 넘어오는 것은 거짓말처럼 쉬웠다. 버즈는 그것이 자기 자신 때문인지 대기 때문인지 알 수 없었지만, 어쨌든 이 산이 전에 그에게 그토록 심한 고통을 안겨주었다는 사실을 거의 믿을 수 없었다. 그는 중간에서 잠시 휴식을 취했다가 자신도 모르는 사이에 어느새 정상에 도달했다. 새벽의 대기는 너무나 고요했기 때문에 그는 휴식을 취하기 위해 정상에서 잠시 멈추었다.

이곳에서 그는 양쪽 계곡을 다 볼 수 있었다. 그는 양쪽 모두에게 특별한 애정을 느꼈다. 둘 다 그에게 많은 가르침을 주었다. 하지만 지금은 그의 고향이 그를 되돌아오라고 손짓하고 있었다. 그는 잠시 머뭇거리다가 아래의 고향집을 향해 날아내려가기 시작했다.

옛 들판에 도착할 때쯤 버즈는 그리움과 파도가 밀려오는 것을 느꼈다. 그곳에 언제나 바쁘게 돌아가는 그의 공동체가 있었다. 그들은 정말 좋은 벌이었다. 만일 그들의 인생에 대해서 깊이 생각하지만 않는다면 말이다……. 버즈가 즐겨 앉아서 생각에 잠기곤 하던 백양나무 둥치도 여전히 그곳에 있었다. 그리고 사티암과 만나서 대화를 나누던 바위도 있었다. 이곳은 정말 살기 좋은 장소였다. 버즈는 백양나무 둥치에 내려 앉아서 잠시 과거에 대한 회상에 잠겼다.

그는 어떻게 집단에 접근해야 할지 정확히 알 수가 없었다. 그토록 오랜 시간이 지났으니 그들은 그가 죽었다고 생각했을 것이다. 자신이 가본 세계에 대해서 무어라고 설명하면 좋을까? 비이 다스에 대해서는? 그 모든 이야기를 하면 그들은 그를 미쳤다고 생각할 것이다.

한낮이 다가오고 있었다. 버즈는 문득 머리 위에서 점점 커지고 있는 거대한 먹구름에 신경이 쓰였다. 갑자기 근처의 산마루에서 번갯불이 번쩍하고 일더니 순식간에 차가운 바람이 비냄새를 몰아오기 시작했다. 버즈가 집으로 돌아가려고 결심하는 순간 픽! 하고 거대한 우박덩어리 하나가 땅바닥을 때렸다. 하마트면 버즈의 날개가 박살날 뻔했다. 그는 본능적으로 가장 가까운 곳에 있는 바위 밑으로 날아가 몸을 피했다. 가슴이 터질 것처럼 심장이 뛰었다. 도저히 안심할 수 없는 상황이었다.

퍽! 퍽! 퍽! 순식간에 들판 전체가 벌의 신체보다 두세 배나 큰 우박덩어리로 뒤덮였다. 미처 피하지 못한 벌들이 우박덩어리에 맞아 공중에서 폭파되는 것을 버즈는 목격했다. 기적적으로 우박을 피한 벌들은 집 근처까지 가긴 했으나 갑작스럽게 피난해 오는 수많은 군중 때문에 입구로 들어갈 수가 없었다. 그래서 그들이 마땅한 착륙장소를 찾느라 헤매는 동안에 점점 더 거세어진 우박이 그들을 사정없이 땅바닥에 내동댕이쳤다.

버즈는 그들에게 바위 밑으로 돌아오라고 고함쳤다. 하지만 우박이 퍼붓는 소리 때문에 그 작은 목소리가 들릴 리 없었다. 실로 가슴이 찢어지는 광경이었다. 하지만 그가 할 수 있는 것은 아무것도 없었다.

버즈는 많은 벌들이 자신처럼 벌집 밖의 어딘가에 대피해 있다는 것을 알 수 있었다. 문득 이 모든 것이 종족을 개선하기 위해서 신이 선택하는 독자적인 방식일지도 모른다고 한 사티암의 말이 생각났다.

이제 우박이 멎고 대신에 거센 비바람을 동반한 폭풍이 밀려왔다. 빗줄기가 얼마나 거센지 앞이 희미해져서 보이지 않았다. 게다가 이토록 거센 폭풍을 버즈는 지금까지 경험한 적이 없었다. 바로 몇 걸음 앞에서 번개가 내리쳤다. 버즈는 너무나 놀라서 뒤로 넘어졌다.

서서히 바람은 약해지고 줄기찬 빗줄기만 내리퍼붓고 있었

다. 시야가 열려 비로소 들판 건너편을 바라볼 수 있게 되었
을 때 버즈는 맨 먼저 벌집을 쳐다보았다. 그러나 벌집은 사
라지고 없었다.

14 버즈는 놀라지 않았다. 지금까지 그가 보았던 그 어떤 것보다 더 격렬한 폭풍이었기 때문에 나뭇가지에 매달려 있던 벌집이 안전할 리가 없었다. 당장에 벌집으로 달려가서 도와주고 싶었지만 비 때문에 감히 그럴 수가 없었다.

시간이 지남에 따라 빗줄기가 서서히 약해지면서 줄기찬 보슬비로 변했다. 그래도 버즈는 달려가고 싶은 자신을 억제하고 기다려야 했다.

빗방울이 그의 발 앞에 작은 물웅덩이를 만들면서 하나씩 떨어지는 모습을 바라보고 있자니 온몸에 냉기가 느껴지기 시작했다. 폭풍도 사라지고 바람도 멎고, 지금은 매우 조용했다. 떨어지는 물방울을 바라보면서 버즈는 들판 여기저기

에 흩어져 있을 다른 벌들에 대해 생각했
다. 이 빗속에서 밤을 지새고 있을 그들이
걱정되었다. 얼마나 많은 벌들이 살아남
았을까? 여왕벌은 살았을까, 죽었을까?
벌집은 어떻게 되었을까?

  마침내 보슬비가 거의 멎자 버즈는 더
이상 기다릴 수 없었다. 그는 바위 밑에서
기어나와 벌집을 향해 날아갔다. 다른 많
은 벌들도 자기들이 숨어 있던 장소에서
하나둘씩 날아오기 시작했다. 모두가 추
위와 습기찬 공기 때문에 날개가 뻣뻣하
게 굳어져 있었다.

  땅바닥에 내팽겨쳐져 있는 벌집 근처로
다가갔을 때 버즈는 문득 이 모든 광경이
자기가 꿈속에서 보았던 광경과 일치한다
는 사실을 깨달았다. 땅 위에 돌출되어 나
온 큰 물체는 바로 벌집들이었으며, 모든
벌들이 그 둘레를 미친 듯이 회전하고 있
었다. 벌집은 진흙과 우박덩어리로 뒤덮
여 있었다. 실로 엄청난 재난이었다!

  벌집은 크게 두 개의 금으로 갈라져 있
었다. 한 틈바구니에서는 소중한 꿀이 땅

바닥으로 흘러나오고 있었으며 다른 틈바구니에서는 연약한 애벌레들이 노출되었다. 정말 눈뜨고는 볼 수 없는 광경이었다. 버즈는 얼마나 많은 벌들이 우박덩어리에 깔렸을까를 생각했다. 하지만 이 모든 재난에도 불구하고 버즈는 웬지 모든 일이 자연스럽게 느껴졌다. 일어나야 할 일이 일어나고 있는 것뿐이라는 이상한 느낌이 들었다.

공포와 혼란이 집단을 압도했다. 아무도 어떻게 해야 할지 모르고 있었다. 대부분의 벌들이 뭔가 어떤 일이 일어나기를 기다리면서 본능적으로 벌집 주위만을 끝없이 회전하고 있었다. 몇몇 다른 벌들은 우박덩어리 밑을 파헤치고 있었다. 그러다가 갑자기 그들 중 하나가 소리쳤다.

"여왕벌이다! 여왕벌이 살았다!"

당장에 여러 마리의 벌들이 그곳으로 날아가서 여왕을 안전한 곳으로 대피시켰다. 여왕벌은 방향감각을 잃고 정신이 혼미한 것 같았다. 그러나 크게 다친 곳은 없는 듯했다. 모두가 안도의 한숨을 내쉬었다.

여왕이 살았다는 말이 집단의 구성원들 사이에 퍼지자 극적으로 사기가 되살아났다. 모두가 당장에 목적의식을 되찾은 것 같았다. 여왕이 없이는 그들 사회는 존재가치가 없었다. 이제 그들은 살아야 할 이유를 되찾은 것이다.

의식을 되찾은 여왕벌은 집단의 지도자를 불러 모아서 어떻게 이 사태를 수습할 것인가를 의논하였다. 버즈는 대화를 엿들으면서 근처에 서 있었다. 그들은 옛날의 그 자리에 다시 벌집을 세울 의도인 것이 분명했다. 문득 버즈는 자신의 반응에 깜짝 놀랐다. 이전 같으면 토론장에 뛰어들어 다른 안전한 장소에 집을 지을 필요성을 역설하겠지만 지금은 그렇지 않았다. 물론 지도자 벌들의 그러한 결정에 실망하긴 했지만 간섭할 필요성을 느끼진 않았다. 또다시 모든 것이 완전하다는 신비한 느낌이 들었다.

바로 그때 태양이 다시 나타났다. 여왕벌은 중간에서 말을 멈추고 더듬이를 비비면서 생각에 잠겼다.

문득 여왕벌이 지도자 벌들에게 물었다.

"그전에 나에게 곰 모리스를 피해서 더 안전한 장소에 집을 짓자고 주장하던 벌이 있지 않았는가?"

지도자 벌들 중의 하나가 대답했다.

"예, 하지만 그 벌은……."

"나는 그것이 훌륭한 생각이라고 여긴다."

여왕은 지도자 벌의 말을 가로막았다.

"특히, 어쨌거나 지금 우리는 다시 집을 지어야만 한다. 모리스뿐만 아니라 비바람으로부터도 안전한 장소를 선택하자!"

지도자들은 모두 동의의 표시로 더듬이를 흔들었다. 여왕의 빈틈없는 판단에 찬사를 보내면서…….

그날 오후 그들은 근처 절벽의 넓은 바위 틈새에 집을 짓기 시작했다. 들판에서 약간 멀긴 했으나 벌집에게는 그곳이 그 어느 곳보다 안전했다.

다른 벌들이 처음으로 버즈를 알아본 것은 그 다음 날이었다.

"아니, 당신은 지난 여름 사라졌던 벌이 아닌가요?"

"그렇다."

다른 벌이 물었다.

"믿을 수가 없군요. 우리 모두는 당신이 죽은 줄 알았어요. 대체 그 동안 어디에 가서 있었어요?"

버즈는 대답했다.

"새로운 나라를 보기 위해 떠났었지."

그럴 즈음 다른 벌들도 버즈 둘레에 모였다. 그들은 벌이 그토록 오랫동안 집을 떠나서도 생존할 수 있었다는 사실에 놀라면서 한 편으로는 호기심을 갖기도 했다. 하지만 그가 어떤 경험을 했는지에 대해서는 아무도 묻지 않았다. 어쨌든 좋다고 버즈는 생각했다.

일이 급속도로 진행되었다. 불과 2주일 만에 새로운 벌집이 완성되었다. 집단 전체가 그 어느 때보다도 열심히 일했으며, 벌집이 완성되었을 때쯤에는 모두가 완전히 지쳤다.

벌집이 완성된 다음 날부터 다시 정상적인 일과가 시작되었다. 벌들은 들판으로 날아가 꿀과 꽃가루를 모으기 시작했다. 들판을 날아가다가 버즈는 한 젊은 벌이 나이든 벌에게 이렇게 불평하는 소리를 들었다.

"우리는 지난 2주일 동안 그 어느 때보다도 열심히 일을 했어요! 그러니 잠시 쉴 시간이 필요해요! 우리가 가끔씩 쉬면서 우리 자신을 즐기지 않는다면 이렇게 끝없이 일만 해야 하는 이유가 무엇인가요?"

"젊은 벌아, 그 이유는 우리의 젊은 세대를 위해서 더 나은 삶을 물려주기 위해서다."

"하지만 내 자신이 바로 젊은 세대에요. 그리고 나는 자신 있게 말할 수 있어요. 당신들이 만든 이러한 삶은 아무런 가치가 없어요. 나는 당신들의 얼굴에서 아무런 행복도 발견할 수가 없어요. 왜 당신들은 우리에게 그러한 것을 물려주려고 하고 있죠?"

"행복이 없다구? 천만에, 나는 대단히 행복해!"

늙은 벌은 잔뜩 얼굴을 찌푸리고서 젊은 벌을 노려보았다.

젊은 벌은 도대체 희망이 없다는 것을 알 수 있었다. 그는 머리를 흔들면서 날아올라 근처의 숲속으로 정처없이 날아가서는 쓰러진 백양나무 둥치에 내려앉았다.

　버즈는 뒤따라가서 조용히 그 곁에 내려앉았다. 젊은 벌이
절망한 표정으로 버즈를 돌아보았다. 버즈는 그에게 확신있
는 미소를 지어보였다.

　"아까 저곳에서 일어난 일을 나는 다 보았다. 이제 앞으로
너에게는 많은 용기가 필요하리라는 생각이 들었다."

옮긴이 류 시 화

경희대학교 국문학과를 졸업하였으며 한국일보 신춘문예를 통해 등단하였다.
시집으로 『그대가 곁에 있어도 나는 그대가 그립다』와
산문집 『삶이 나에게 가르쳐 준 것들』, 『달새는 달만 생각한다』 등으로
그만의 독특한 작품세계를 보여주고 있다.
이 외에 『성자가 된 청소부』, 『금강경 나는 이렇게 들었다』,
『마음을 열어주는 101가지 이야기』 등이 있다.

꿀벌, 삶으로의
긴 여행

초판 인쇄 · 2000년 5월 20일
초판 발행 · 2000년 5월 25일

지은이 · 존 펜버티
옮긴이 · 류시화
펴낸이 · 최석철
펴낸곳 · 제일출판사
주소 · 서울시 서대문구 충정로 3가 8-5호 동아 아트 1층
Tel · 392-2588~9
Fax · 313-0104

등록일자 · 1998년 7월 29일
등록번호 · 제 13-542호

값은 표지 뒷면에 있습니다.
ISBN 89-7234-013-8 03840

*잘못된 책은 바꿔드립니다.
*저자와의 협의에 의해 인지를 생략합니다.